Cornelia Funke, geboren 1958, arbeitete nach einer Ausbildung zur Diplompädagogin und einem Grafikstudium zunächst als Illustratorin. Vor über 10 Jahren begann sie, eigene Geschichten für Kinder und Jugendliche zu schreiben. Inzwischen ist sie nicht nur eine der erfolgreichsten und beliebtesten Kinderbuchautorinnen Deutschlands, sondern hat auch im Ausland eine stetig wachsende Fangemeinde.
Cornelia Funke lebt mit ihrem Mann und ihren zwei Kindern in Hamburg.

In der Fischer Schatzinsel sind von ihr bisher ›Kein Keks für Kobolde‹ (Bd. 80006), ›Hinter verzauberten Fenstern‹ (Bd. 80064), ›Gespensterjäger auf eisiger Spur‹ (Bd. 80174), ›Gespensterjäger im Feuerspuk‹ (Bd. 80221), ›Gespensterjäger in der Gruselburg‹ (Bd. 80222), ›Potilla und der Mützendieb‹ (Bd. 80260), ›Kleiner Werwolf‹ (Bd. 80289), ›Greta und Eule, Hundesitter‹ (Bd. 80300), ›Lilli, Flosse und der Seeteufel‹ (Bd. 80327), ›Die schönsten Erstlesegeschichten von Cornelia Funke‹ (Bd. 80392) sowie die Bilderbücher ›Der geheimnisvolle Ritter Namenlos‹, illustriert von Kerstin Meyer, und ›Die Glücksfee‹, illustriert von Sybille Hein, erschienen.

Unsere Adresse im Internet: www.fischerschatzinsel.de

Cornelia Funke

Zwei wilde kleine Hexen

Mit Bildern der Autorin

Fischer Taschenbuch Verlag

Fischer Schatzinsel
Herausgegeben von Eva Kutter

5. Auflage: August 2004

Veröffentlicht im Fischer Taschenbuch Verlag,
einem Unternehmen der S. Fischer Verlag GmbH,
Frankfurt am Main, Juli 2001

Lizenzausgabe mit freundlicher Genehmigung
des Cecilie Dressler Verlags, Hamburg
© Cecilie Dressler Verlag, Hamburg 1994
Gesamtherstellung: Clausen & Bosse, Leck
Printed in Germany
ISBN 3-596-80279-2

Nach den Regeln der neuen Rechtschreibung

Für Ingrid und Martin,
Dorothea und Carola.
Mille grazie!

Inhalt

Lillis Plan

Ein Eiscafé im Regen sieht traurig aus. Die Blumen, die Rosannas Mutter im Hof gepflanzt hatte, ließen die nassen Köpfe hängen und Blütenblätter schwammen in den Pfützen.

Die übereinander gestapelten Stühle setzten Moos an und auf den Tischen klebte Vogeldreck. Vier Wochen schon tropfte und triefte der Himmel, als würde er nie mehr damit aufhören.

Rosanna saß unter einem klitschnassen Sonnenschirm, kaute auf ihrem Füller herum und wartete auf Lilli. Sie wollten zusammen Schularbeiten machen, aber Lilli kam wieder mal zu spät.

Rosannas fetter Kater Ramses lag auf dem Tisch, die Augen fest geschlossen, die Beine von sich gestreckt. Ärgerlich schubste Rosanna seine Hinterpfoten vom Mathebuch und klappte es auf.

Klatsch, platsch, da kam jemand über den Hof gehüpft. Von einer Pfütze in die nächste.

»Bananeneis, Zitroneneis, Erdbeer, Schokolade!«, sang Lilli. »Mann, ich weiß nicht, was die Leute haben. Mir schmeckt Eis bei Regen ganz besonders gut.«

»Wie viele Kugeln hat Mama diesmal in dich reingestopft?«, fragte Rosanna. Ihre schlechte Laune war nicht zu überhören.

»Nur vier.« Lilli schüttelte ihr nasses Haar wie ein Hund. »Warum sitzt du denn bei dem Wetter hier draußen?«

»Na, bei welchem Wetter denn sonst? Es ist schließlich Frühling, oder?« Rosanna tippte auf ihre Uhr. »Wir haben drei Uhr gesagt.«

»Ja, ja, aber ...« Lilli zog sich einen nassen Stuhl heran, legte ihre Schultasche drauf und setzte sich.

»Ich musste den hier noch fertig machen. Guck mal.«

Stolz hielt sie Rosanna ihr Ohr hin.

»Schon wieder ein neuer Ohrring? Was soll das sein? Ein Vogel?«

»Nein, eine Hexe natürlich.« Beleidigt zog Lilli ihr Kunstwerk aus dem Ohr und betrachtete es. »Das sieht man doch!«

»Ich nicht. Erkennst du das, Ramses?«

Müde hob der Kater den dicken Köpf, gähnte, sah Lilli an – und schlief weiter.

»Warum guckt dein Kater mich bloß immer so komisch an?«, fragte Lilli.

»Er riecht deinen blöden Hund.« Ungeduldig schob Rosanna Lilli das Mathebuch hin. »Da. Die Aufgabe 3 a–e. Verstehst du die?«

Lilli zuckte die Schultern und spielte in ihrem Ohrring herum. »Hier draußen kann ich das sowieso nicht. Der Regen läuft mir schon den Rücken runter. Da«, sie zeigte zum Schirm hoch. »Da leckt es schon durch.«

»Alles klar, schon verstanden!« Rosanna packte ihre Sachen zusammen, schubste den Kater vom Tisch und klappte den Schirm zu. »Du willst rein für die nächste Portion Eis.«

»Stimmt überhaupt nicht!«, rief Lili. »Ich will was Wichtiges mit dir besprechen!«

»Du hast wieder Ärger mit deinen Schwestern.«

»Nein.«

Durch den strömenden Regen rannten sie zum Haus. Ramses überholte sie auf halber Strecke.

»Dann hast du ein neues, obergeheimes Hexenbuch«, sagte Rosanna und ließ den nassen Kater ins Café. Obwohl ihr Vater es verboten hatte.

»Quatsch, Quatsch, Quatsch.« Lilli hängte ihre tropfende Jacke an die Garderobe und setzte sich an einen der leeren Tische.

Im Café war nur ein einziger Gast. Ein dicker Mann, der seinen Pudel mit Eis fütterte. Aus dem Radio kam italienische Opernmusik. Der dicke Mann summte leise mit. Als Ramses den Hund sah, flüchtete er fauchend zu Rosannas Eltern hinter den Tresen.

»Rosanna!«, rief ihr Vater. »Schaff den Kater hier raus.«

»Gleich, gleich.« Rosanna warf ihm eine Kusshand zu. Das stimmte ihn meist friedlich.

»Ist dein Kater immer so feige?«, fragte Lilli.

»Der hat sogar Angst vor Vögeln. Wieso?«

»Wegen Freitagnacht!«, flüsterte Lilli geheimnisvoll.

Rosanna verstand kein Wort.

»Na, die Walpurgisnacht!«, zischte Lilli und zeigte auf ihren Ohrring. »Da brauchen wir auf jeden Fall einen Kater. Und deiner ist besser als gar keiner. Selbst wenn er ein Feigling ist.«

»Fallpurkisnacht. Was soll das denn sein?«

»Psss!«, zischte Lilli.

Mit einem lieben Lächeln und einem großen Becher Erdbeereis kam Rosannas Mutter auf sie zu.

»Da, kleine Lilli!«, sagte sie. »Lass es dir schmecken.«

Rosannas Mutter nannte Lilli immer nur die kleine Lilli, obwohl sie selber nicht allzu groß war. Rosannas Mutter war Italienerin, aber Rosanna hatte leider nur die schwarzen Haare von ihr geerbt. Ansonsten war sie käseweiß wie ihr deutscher Vater und die große Nase hatte sie auch von ihm. Er bestritt das allerdings.

Die kleine Lilli verschlang ihr Eis so schnell, dass Rosanna schon schlecht vom Zusehen wurde. Ramses schlich hinter dem Tresen hervor und sprang neben Lilli auf den Stuhl. Ramses liebte Eis ebenso sehr wie Lilli.

Seufzend zog Rosanna wieder ihr Mathebuch aus der Schultasche und betrachtete Aufgabe 3a–e. Ohne Erfolg.

Sobald Rosannas Mutter wieder hinter dem Tresen stand, stieß Lilli sie an. »In der Walpurgisnacht tanzen die Hexen«, flüsterte sie. »Das machen wir auch!«

»Was?«

»Na, tanzen. Mit Besen und Kopftüchern. Um ein Feuer und einen Kessel herum. Wie richtige Hexen!«

Lilli war so begeistert von ihrer Idee, dass sie sogar ihr Eis vergaß. Besorgt sah Rosanna sie an. Seit einem Monat hatte Lilli diesen Hexentick. Von ihrer größten Schwester abgeguckt, vermutete Rosanna. Lilli las nur noch Hexenbücher, beklebte ihre Zimmerwände mit Hexenbildern und schleppte ständig ein Hexenkartenspiel mit sich herum, das sie ihrer Schwester geklaut hatte. Aber so was Verrücktes wie diesen Hexentanz hatte sie noch nie vorgeschlagen.

»Und wozu brauchst du Ramses?«, fragte Rosanna. »Soll das der Hexenbraten werden?«

»Quatsch!« Lilli zog Ramses' Pfote aus ihrem Eis. »Ich hätte lieber meinen Hund dabei. Das kannst du mir glauben. Aber Hexen haben nun mal Katzen. Leider.«

»Aha, und was machen die so, diese Katzen?«

Der dicke Mann mit dem Pudel stand auf. Mit einem Satz verschwand Ramses unter dem Tisch und fauchte.

Lilli winkte lässig ab. »Ach, die müssen gar nichts machen. Nur da sein eben. Ein bisschen rumschleichen und vielleicht mal miauen oder so.«

»Das schafft er gerade noch.« Rosanna fischte Ramses unter dem Tisch hervor und kraulte ihn zärtlich hinter den Ohren. »Aber ...«, mit spöttischem Lächeln schob sie Lilli das Buch hin, »wir zwei machen nur mit, wenn du Aufgabe 3 a–e rauskriegst.«

»Ich wusste, dass du das sagst!« Kichernd zog Lilli einen Taschenrechner aus ihrer Schultasche. »Von meiner größten Schwester. Und die Aufgabe hab ich mir auch von ihr erklären lassen. Ist nur eine Frage von Minuten.«

Viel länger dauerte es wirklich nicht.

Ärgerlich guckte Rosanna sich die Ergebnisse an. »Sieht richtig aus«, murmelte sie. »Na, dann müssen wir wohl mitmachen bei diesem Waldpurkisdingsbums. Was sagst du dazu, Ramses?«

Der Kater sah nicht sehr begeistert aus. Aber das konnte auch daran liegen, dass Lilli ihn nicht mal ihren Eisbecher auslecken ließ. Das übernahm sie selber.

Rote Haare

Stattfinden sollte der Hexentanz in Lillis Garten. Zwischen wilden Rosen, im kniehohen Gras. Seit Lillis Vater beim Rasenmähen eine Kröte überfahren hatte, hielt er nichts mehr davon. Und die Wiese wuchs, wie sie wollte. Absolut hexenmäßig fand Lilli das. Aber wie sie in dem feuchten Urwald ein Feuer ankriegen wollte, war Rosanna schleierhaft.

Am Donnerstagnachmittag besuchte sie Lilli wegen der letzten Vorbereitungen. Was immer damit gemeint war. Lilli hatte sich da sehr geheimnisvoll ausgedrückt.

Natürlich regnete es wieder. Wie gestern. Wie vorgestern. Wie vor drei Wochen. Rosanna stieß das gusseiserne Gartentor auf und kämpfte sich durch triefende Zweige und Rosenranken zur Haustür durch. Wenn es nicht gerade regnete, war Rosanna sehr gern in Lillis Garten. Wie ein verwunschenes Land war er, voller Überraschungen und geheimnisvoller Geräusche. In diesem Frühling war er einfach nur nass.

Wie immer klingelte Rosanna und machte dann hastig zwei Schritte zurück. Lautes Bellen, die Tür flog auf, und sie hatte zwei Pfoten auf den Schultern und eine Riesenzunge im Gesicht.

»Komm rein!«, rief Lilli von irgendwoher, aber das war leichter gesagt als getan.

Rosanna hatte dem Hund – sie nannten ihn grundsätzlich nur »Hund«, obwohl er Zorro hieß –, Rosanna hatte dem Hund schon tausendmal gesagt, dass sie ihn nicht mochte. In die blöden Schlappohren hatte sie es ihm gebrüllt. Aber das schien seine Liebe nur noch heftiger zu entfachen. Und einfach wegschieben wie Ramses ließ er sich nicht. Zehn feuchte, stinkige Hundeküsse bekam Rosanna verpasst, bevor er endlich seine Pfoten von ihren Schultern nahm und sie durch die Tür ließ. Schwanzwedelnd lief er ihr zu Lillis Zimmer voraus, vorbei an den Türen von Lillis drei älteren Schwestern, vorbei an der Küche, in der Lillis Vater gerade eins seiner berüchtigten Gerichte kochte.

»Hallo!«, rief er. »Lilli ist in ihrem Zimmer. Willst du nachher mitessen? Spinatkuchen mit Tomatenmousse. Ich probier ein neues Rezept aus.«

Das tat er immer. »Nein danke«, sagte Rosanna. »Ich bin auf Diät.«

»Was? Wirklich?« Lillis Vater guckte überrascht. Er war sehr nett, ja, wirklich sehr, sehr nett. Aber ständig kochte er Sachen, die Kinder nicht zu schätzen wissen. Und er kochte jeden Tag, denn Lillis Mutter war Ärztin und kam immer erst abends nach Hause. Rosanna konnte verstehen, dass Lilli ständig Hunger hatte.

Lässig stieß Zorro mit seiner dicken Schnauze Lillis Tür auf und trottete ins Zimmer. Für Rosanna blieb nicht mehr viel Platz.

Lilli saß an ihrem Schreibtisch und summte »Der Mai ist gekommen« vor sich hin.

»Ich dichte uns gerade ein Hexenlied«, sagte sie. »Bis morgen Abend musst du es auswendig können.«

Erst tanzen und jetzt auch noch singen!

»Ich kann nur brummen«, sagte Rosanna. Entschlossen drängte sie sich an Zorro vorbei und ließ sich auf Lillis Bett fallen. Schmatzend legte der Hund sich neben sie.

»Hau ab!« Aber sosehr Rosanna auch schubste und schob, Zorro gab ihr nur einen entsetzlich nassen Kuss und blieb liegen.

»Singen müssen wir auf jeden Fall«, sagte Lilli. »Je falscher, desto hexenmäßiger.«

»Die Hexen in den Märchen singen aber nie«, stellte Rosanna fest. »Da singen immer bloß die Prinzessinnen. Oder Rumpelstilzchen.«

»Ach, das sind doch keine richtigen Hexen«, sagte Lilli. »Die sind alle hässlich und fressen Kinder und so was. Alles Quatsch! Hexen sind toll. Ganz toll.« Lilli senkte die Stimme. »Ich glaub, in einem früheren Leben war ich auch mal eine. Echt!«

Da konnte Rosanna nur die Augen verdrehen. »Hatte eine von deinen Schwestern nicht mal einen Hexenfimmel?«

»Mit meinen Schwestern hat das gar nichts zu tun«, sagte Lilli schnippisch. Knallrot wurde sie.

Ihre Schwestern waren ein wunder Punkt. Wenn Rosanna Lilli ärgern wollte, brauchte sie nur zu sagen: ›Genau wie deine Schwestern.‹ Schon war für ein paar Minuten Funkstille. Und weil Lilli manchmal pausenlos redete, konnte das ganz angenehm sein.

So war es auch diesmal. Stumm und schmollend dichtete Lilli ihr Hexentanzlied weiter. Als Rosanna ihr über die Schultern gucken wollte, hielt sie ihre Hand auf das Blatt und schob es in ein Heft.

»Ist noch nicht fertig. Aber komm, du musst mir bei was helfen.« Sie fischte eine schmale Schachtel unter ihrem Bett hervor und zog Rosanna ins Bad. Zum Glück wollte Zorro nicht mit.

»Guck mal, hab ich heute besorgt!«, flüsterte Lilli und zog eine große Tube aus der Schachtel. »Mein halbes Taschengeld ist dafür draufgegangen. Da. Es reicht für uns beide. Obwohl ich nicht weiß, ob es bei schwarzen Haaren wirkt.«

»Was ist das denn?« Ratlos drehte Rosanna die Tube hin und her. Aber Lilli hielt schon ihre ellenlangen Haare unter die Dusche und hörte nichts mehr.

»Komm her!«, sagte sie. »Schmier mir die Hälfte auf die Haare. Wie Shampoo.«

»Du willst dir die Haare färben!«, rief Rosanna entgeistert. »Bist du verrückt geworden? Deine schönen blonden Haare!«

»Hexen haben aber nun mal rote Haare!« Ärgerlich riss Lilli Rosanna die Tube aus der Hand. Schnell wie der Blitz, als hätte sie so was schon hundertmal gemacht, schmierte sie die dunkle Masse in ihr Haar.

Als Lilli das geföhnte Ergebnis betrachtete, wurde sie weiß wie ihr Badetuch. Rosanna konnte sich ein schadenfrohes Grinsen nicht verkneifen.

»Man muss sich erst mal dran gewöhnen«, gab Lilli zu. »Aber es sieht ziemlich hexenmäßig aus, oder?«

»Es sieht ziemlich karottenmäßig aus«, stellte Rosanna fest.

Wütend kniff Lilli die Lippen zusammen. »Ich zeig es jetzt Papa«, sagte sie.

Lillis Vater schnitt gerade Zwiebeln. Mit triefenden Augen sah er sie an. »Wo hast du denn die scheußliche Perücke her?«, fragte er. »Spielt ihr Pippi Langstrumpf oder so was?«

»Das sind meine eigenen Haare«, sagte Lilli. »Ich habe sie gefärbt.«

»Du hast was!« Zack, war das Messer im Finger. Nachdem Lilli ihren Vater mit einem Pflaster versorgt hatte – wobei er sie die ganze Zeit entsetzt anstarrte –, gingen die Mädchen in etwas gedrückter Stimmung in Lillis Zimmer. »Mag deine Mutter rote Haare?«, fragte Rosanna.

Lilli antwortete nicht. »Wir haben noch nichts anzuziehen«, stellte sie nur fest. »Komm, wir gucken mal bei meinen Schwestern.«

»Wie meinst du das?«, fragte Rosanna beunruhigt. Ihre Nerven waren von der Haarfärberei schon etwas angegriffen.

»Sie sind alle nicht da. Reiten, Joggen und was weiß ich. Also guck ich in den Zimmern, ob wir was gebrauchen können, und du schiebst Wache.«

»Tu ich nicht!« Empört schüttelte Rosanna den Kopf. »Lass das deinen blöden Hund machen.«

Aber Lilli nahm sie einfach am Arm und schob sie zur Tür. »So was kann der nicht«, sagte sie. »Der kann nur küssen. Fressen und küssen.«

Also stand Rosanna Wache, während Lilli Schmuck und Kleider aus den Zimmern ihrer Schwestern schleppte.

»Guck nicht so!«, sagte sie ärgerlich. »Wir leihen es uns doch bloß.«

Murrend probierte Rosanna schlabbernde Röcke und bunte Blusen mit viel zu langen Ärmeln an, ließ sich Tücher um den Kopf wickeln und Armbänder über die Arme streifen. Bis Lilli endlich entschieden hatte, was am hexenmäßigsten aussah.

Ein furchtbarer Nachmittag.

Und draußen regnete es immer noch in Strömen.

»Weißt du was?«, sagte Rosanna, als Lilli sie zur Haustür brachte. »Eigentlich brauchen wir Gummikleider. Und Schrubber statt Besen würden auch besser passen.«

»Morgen wird es besser!«, sagte Lilli. »Ganz bestimmt. Dafür werden die Hexen schon sorgen. Vergiss nicht deinen Kater mitzubringen. Ach ja, und lern das Lied auswendig.«

Seufzend steckte Rosanna den Zettel mit Lillis Dichtkunst ein. Zorro gab ihr einen stinkenden Abschiedskuss auf die Nase.

Walpurgisnacht

Am nächsten Morgen kam der Wind. Er riss die nassen Blüten von den Sträuchern und fegte die schwarzen Wolken vom Himmel. Am Nachmittag war es kühl, aber trocken. In den Pfützen spiegelte sich eine blasse Sonne. »Auf die Hexen ist eben Verlass«, sagte Lilli.

Auch sonst stand ihrem Hexentanz nichts mehr im Weg. Rosannas Eltern mussten bis neun in ihrem leeren Café herumstehen und waren froh, dass Rosanna bei Lilli übernachtete. Lillis Mutter, die sie bestimmt ausgelacht hätte, war in der Walpurgisnacht zum Notdienst eingeteilt. Lillis große Schwestern waren alle verabredet und ihr Vater würde wie jeden Abend seine Kopfhörer aufsetzen und Musik hören. Außerdem hatte er nichts gegen Hexentänze, sagte Lilli und bat ihren Vater, auf Zorro aufzupassen und ihn auf keinen Fall rauszulassen.

Blieb nur noch ein Problem. Ramses. Mehr als hundert Katzenschritte entfernte er sich nie von seinem Schlafplatz. Also lockte Rosanna ihn mit List, Tücke und Schokoladeneis in eine Reisetasche. Reißverschluss zu, Ramses gefangen. Und fuchsteufelswild. Mindestens eine Woche würde er beleidigt sein. Hoffentlich war Lillis Hexentanz das wert.

Als Rosanna mit der fauchenden Katze bei Lilli ankam, dämmerte es bereits. Zappelig vor Aufregung hing Lilli über dem Gartentor.
»Ich hab schon fast alles fertig«, sagte sie. »Zorro ist eingesperrt. Ist dein Kater in der Tasche?«
»Ja, und stinksauer ist er. Er hat mir schon mit der Pfote eins verpasst. Da, durch das Luftloch.«
»Komm, wir bringen ihn nach hinten«, sagte Lilli. »Für ein Lagerfeuer war es zu nass, ich hab den Grill aufgebaut. Meinst du, das gilt?«
»Wieso nicht?«, fragte Rosanna zurück, während sie Lilli in den dunklen Garten folgte.
Lilli zuckte die Schultern.
Sie trug kniehohe Gummistiefel – von einer ihrer Schwestern –, ein langes Kleid, das schon ziemlich nass war, ein Tuch mit Fransen über dem karottenroten Haar und Massen von Armreifen, Ketten und Ringen.

»Wusste gar nicht, dass Hexen so viel Schmuck tragen«, sagte Rosanna. Kalt war ihr und ein bisschen unheimlich.

Große Nacktschnecken krochen überall durch das feuchte Gras. Hinter den Ostbäumen war der Himmel rot. »Deine Sachen sind auch schon hinten im Garten«, sagte Lilli. »Und eine dicke Wolljacke. Sogar Gummistiefel.«

»Haben deine Schwestern nichts gemerkt?«

Lilli kicherte. »Klar, aber sie haben sich gegenseitig verdächtigt. An ›die Kleine‹ haben sie natürlich nicht gedacht.«

In den verstecktesten Winkel des Gartens führte Lilli Rosanna. Wilde Rosen lehnten sich über den Holzzaun. Holunderbüsche verbargen das Nachbarhaus. Das Gras hatte Lilli platt getrampelt, dabei drei Frösche verscheucht und einen Schreikrampf gekriegt, weil sie einen alten Ast für eine Schlange gehalten hatte.

Rosanna stellte die Tasche mit Ramses ins Gras und sah sich um. Auf dem Grill stand schon ein großer schwarzer Topf.

»Komm.« Lilli zog sie zu einem Gartenstuhl, auf dem Rosannas Hexenkleider lagen.

Schlotternd zog Rosanna sich aus und schlüpfte in das fremde Kleid, die hohen Stiefel, schob sich die klirrenden Armreifen über die Arme und die Ringe auf die Finger. Zum Schluss band sie sich das Kopftuch um, das eigentlich eine Stoffserviette war. Dann sah sie an sich herunter – und war sich sonderbar fremd.

»Hexenmäßig das Gefühl, nicht?«, fragte Lilli.

Rosanna nickte und sah zum Himmel. Es war dunkel geworden. Der Wind hatte seine Arbeit getan und war weitergezogen. Eine merkwürdige Stille hatte er hinterlassen. Kein Blatt regte sich. Der Mond stand schmal am Himmel. Und Ramses raschelte in seinem Korb.

»Ich lass ihn jetzt raus«, sagte Rosanna und öffnete die Klappe.

»Wird er nicht weglaufen?«, fragte Lilli besorgt.

Rosanna schüttelte den Kopf. »Wenn dein doofer Hund nicht auftaucht. Ich hab Fischköpfe für ihn dabei.«

»Zorro ist bei Papa«, sagte Lilli. »Und nenn ihn nicht dauernd doof oder blöd. Er ist zehnmal klüger als dein Kater.«

Misstrauisch schob Ramses den dicken Kopf aus dem Korb.

»Er ist beleidigt«, stellte Rosanna fest. »So guckt er nur, wenn er beleidigt ist.«

Angeekelt setzte der Kater eine Pfote in das feuchte Gras. Dann noch eine. Dann die Hinterpfoten. Er rekelte sich, blinzelte den Mond an und sprang auf den Grill. Als Rosanna einen Fischkopf ins Gras warf, war er im Nu wieder unten. Während der Kater fraß, versuchten die Mädchen den Grill anzuzünden. Gesehen hatten sie das beide schon hundertmal. Aber selbst Feuer machen war eine ganz andere Sache. Rosanna schaffte es schließlich.

Lilli kippte Wasser und eine Tüte Tomatensuppe in den Topf und drückte Rosanna ein paar kleine Würstchen in die Hand. »Da, die kannst du beim Tanzen in den Topf werfen.«

»Aha. Was sollen die darstellen? Finger?«

»Quatsch! Zauberkraut und so was alles. Aber Würstchen schmecken am besten. Oh!« Lilli schlug sich gegen die Stirn. »Jetzt hab ich fast das Wichtigste vergessen.« Hastig zog sie eine lange Schnur unter ihrem Pullover hervor und legte sie im Gras zu einem großen Ring aus. »Das ist der magische Kreis«, sagte sie mit wichtiger Miene.

»Aha«, sagte Rosanna.

Ramses war mit dem ersten Fischkopf fertig, strich

ihr um die Beine und miaute. Rosanna warf ihm den nächsten hin.

»Also, es kann losgehen!«, sagte Lilli. »Lass uns die Besen holen.«

Die Besen lehnten am Zaun. Der für Rosanna war ziemlich groß und hatte einen Plastikstiel und Lillis sah auch nicht gerade wie ein richtiger Hexenbesen aus.

Kichernd klemmten sich die Mädchen die Stiele zwischen die Beine und hüpften los. Erst langsam, dann immer wilder. Dabei blubberte die Tomatensuppe auf dem Grill.

Entnervt von so viel Lärm schleppte Ramses seinen Fischkopf ins Gebüsch.

»Hihiiiiiiiiih!«, kreischte Lilli und Rosanna konnte gar nicht aufhören zu kichern. Schon nach ein paar Runden war ihr ganz schwindelig im Kopf.

»Los, singen!«, rief Lilli und stimmte ihr Hexenlied an, zur Melodie von »Der Mai ist gekommen«. Atemlos und ziemlich falsch fiel Rosanna ein:

»Die Walpurgisnacht ist gekohommen,
Die Hexen kommen raus!
Steigen auf ihre Behesen
und fliehigen ums Haus.
Sie kreiheischen und kihichern
und verzauhaubehern dihie Nacht,
Sihie tanzen im Mohondlicht
die Walpuhuhurgisnacht.«

Viermal sangen sie das Lied, jedes Mal ein bisschen lauter. Dann plumpsten sie völlig außer Atem ins nasse Gras. Mitten in Lillis Zauberkreis lagen sie auf dem Rücken und lachten den Mond an. Misstrauisch beobachtete der Kater sie aus der Dunkelheit.

»Jetzt gibt's Hexensuppe!«, rief Lilli, kam wackelnd wieder auf die Beine und schnupperte am Topf.

»Riecht ziemlich scheußlich!«, stellte sie fest. »Hast du da etwa noch was anderes als Würstchen reingeschmissen, Hexe Rosanna?«

Rosanna kicherte schon wieder. »Ich hab gar nichts da reingeschmissen. Die Würstchen hab ich so gegessen.«

»Aha, na, dann musst du die Brühe zur Strafe auch

so essen.« Lilli pflückte drei Schnecken von den Suppentellern und tauchte eine große Kelle in den Topf. Plötzlich raschelte es hinter ihr, etwas Großes schoss aus der Dunkelheit, schmiss den Grill um und sprang an Lilli hoch. Die kippte sich die heiße Brühe übers Kleid und kreischte entsetzt auf.

»Zorro!«, rief sie. »Wo kommst du denn her?«

Wie der Blitz war Rosanna auf den wackeligen Beinen.

»Ramses?«, rief sie. »Ramses!«

Doch der Kater hatte längst gemerkt, wer da im Anzug war. Fauchend sprang er quer zu Lillis Zauberkreis, kletterte an Rosannas Kleid hoch und krallte sich mit bösem Knurren auf ihrer Schulter fest.

Zorro aber setzte sich vor Rosanna hin und wedelte mit dem Schwanz. Lilli packte ihn von hinten am Halsband und schüttelte ihn.

»Du Räuber!«, rief sie wütend. »Was hast du denn hier zu suchen?«

»Au, Ramses, du tust mir weh!«, schimpfte Rosanna und schubste den Kater von ihrer Schulter. Mit einem Satz sprang er auf den Zaun.

»Rosanna, da!«, flüsterte Lilli. Kreideweiß wurde

sie plötzlich unter ihrem Karottenhaar. Mit zittrigem Finger zeigte sie in die Dunkelheit.
Rosanna drehte sich erschrocken um – und sah es auch. Auf dem Zaun war jemand.

Die Hexe

Rittlings auf dem Gartenzaun saß im fahlen Mondlicht eine Frau.

Einen kleinen Bauch hatte sie und graues Haar bis zur Hüfte. Sie trug ein langes Kleid mit einem Gürtel. Ein Dolch mit schwarzem Griff steckte darin und ein Stock mit einem geschnitzten Katzenkopf.

Ramses ging steifbeinig über den Zaun auf sie zu, miaute leise und schmiegte sich in ihren Schoß.

Da lachte die Frau leise.

»Was für eine Vorstellung! Alle Achtung!«, rief sie. »Krötengift und Hexenspucke, ich muss sagen ...«, sie stemmte einen Arm in die Hüfte und entgeistert sahen die Mädchen eine Schlange daran hochkriechen. »Für zwei so junge Hexen war das gar nicht schlecht. Stell sich das eine vor«, wie einen Pelzkragen hängte sie sich den schnurrenden Ramses um die Schultern und kletterte vom Zaun. »Zaubern die alte Elfriede einfach so mir nichts, dir nichts hierher. Wo sie gerade so nett am Feiern war.«

»Hierher zaubern. Wieso? Was?«, stotterte Lilli.

»Aha, ich verstehe«, sagte Elfriede. »Ein kleiner Zauberunfall in der Walpurgisnacht. Ja, das kann vorkommen.« Stirnrunzelnd sah sie sich um. »Was war denn das in dem Topf da?«

»Tomatensuppe«, flüsterte Rosanna – und wunderte sich, dass sie überhaupt einen Ton rausbekam.

»Heilige Dreizehn!«, rief die Hexe. »Wie kommt ihr denn auf so was? Und der Hund?«

Zorro ließ sich gemächlich nieder und legte seinen Kopf auf Elfriedes spitzen Stiefel.

»Der ist auch ein Unfall«, sagte Lilly kleinlaut. »Aber sonst haben wir alles richtig gemacht.«

»So, habt ihr?«, fragte Elfriede und spielte ein bisschen mit ihrer Schlange. »Und was soll das hier sein?« Sie stieß mit der Stiefelspitze gegen Lillis magischen Kreis.

»Na, der Zauberkreis natürlich!«, sagte Lilli beleidigt.

»Ha! Sieht eher wie ein magisches Ei aus, was?« Kichernd bückte Elfriede sich und hob Lillis Besen auf. »Mit dem Ding wolltest du fliegen? Ts, damit kommst du nicht mal über den Zaun da. Aber für ein bisschen Licht kann er vielleicht sorgen, was?«

Sachte rieb sie das Besenstielende zwischen den Handflächen, spuckte einmal in jede Himmelsrichtung, murmelte ein paar unverständliche Worte und stellte den Besen aufrecht ins Gras. Erstaunlicherweise blieb er kerzengerade stehen. Und noch erstaunlicher war, dass am Stielende plötzlich ein kleines Flämmchen tanzte. Es wuchs und wuchs, bis es den ganzen Tanzplatz in flackerndes, mattgelbes Licht tauchte.

»Aha!« Zufrieden rieb Elfriede sich die Hände. »Nun seh ich euch ein bisschen genauer. Und das dumme Ding da«, sie tippte mit der Stiefelspitze gegen den Besen, »macht sich doch noch nützlich.«

Rosanna war maßlos beeindruckt. Lilli wahrscheinlich auch. Aber sie zeigte es nicht. Sie war beleidigt wegen des magischen Eis. Mit wütend verschränkten Armen stand sie da und wenn Blicke töten könnten – Elfriede wäre auf der Stelle umgefallen.

Aber die Hexe war noch nicht fertig mit den beiden Nachwuchshexen.

»Noch eins, ihr Süßen«, sagte sie und kraulte ihre Schlange unterm Kinn. »Kopftücher tragen nur diese scheußlichen Märchenhexen. Eine echte

Hexe trägt ihr Haar offen, damit es im Wind flattert, wenn sie mit ihrem Besen den Himmel fegt. Und ich will ja nicht zu viel meckern, aber was soll dieses ganze Goldgebamsel? Keine Hexe würde sich so einen lästigen Firlefanz umhängen.«

Da platzte Lilli der Kragen. »Wenn das hier alles so furchtbar falsch war, warum bist du Oberschlaumeierin denn dann hier?« Ganz zittrig vor Wut war sie.

Elfriede schenkte ihr ein spöttisches Lächeln.

»Anfängerglück«, flötete sie. »Pures Anfängerglück. Und jetzt erzählt mal genau, was ihr beiden gemacht habt. Damit ich schnell wieder nach Hause komme, ja?«

»Wir haben nichts Besonderes gemacht«, sagte Rosanna. Dauernd musste sie die Schlange anstarren, die Elfriedes Arm hoch- und runterkroch.

»Was heißt ›nichts Besonderes‹?«, fragte die Hexe ungeduldig.

»Wir haben ein bisschen mit den Besen rumgetanzt und …«, verlegen zog Rosanna sich das Kopftuch vom Kopf, »und gesungen und gelacht und …«

»Was habt ihr gesungen?«, fragte Elfriede.

Mit dünner Stimme sang Rosanna Lillis Hexenlied

vor. Lilli gab keinen Piep von sich. Mit grimmigem Gesicht stand sie da und schmollte.

»Wo habt ihr denn diesen Blödsinn aufgeschnappt?«, fragte Elfriede kichernd.

»Das hab ich mir ausgedacht«, sagte Lilli schnippisch. »Was singst du denn so bei deinen Walpurgisnachttänzen?«

»Oh!« Die Hexe wurde ein bisschen rot. »Jetzt hast du mich erwischt. Das hört sich auch nicht klüger an, ich geb's zu. Was habt ihr außer singen, lachen und tanzen noch gemacht?«

Rosanna sah Lilli an, aber die schwieg beharrlich.

»Tomatensuppe haben wir gekocht«, sagte Rosanna. »Und wir wollten sie gerade essen, als Lillis blöder Hund angestürmt kam, alles umschmiss und meinem Kater einen Todesschreck einjagte.«

Zorro hatte immer noch seine Schnauze auf dem Hexenstiefel und schmatzte, als hätte Rosanna nur das Beste von ihm berichtet.

»Aha, dein Kater.« Ramses rieb seinen Kopf an Elfriedes Hals und fing an, ihr zärtlich das Ohr zu lecken. »Jetzt wird es interessant. Was hat er gemacht?«

»Ist an mir hochgesprungen. Bis auf meine Schulter und da hat er gesessen und gefaucht wie ein Verrückter. Ich hab ihn runtergeschubst, er ist auf den Zaun gesprungen, tja, und dann …«

»Aaah ja.« Nachdenklich zog die Hexe ihren Dolch aus dem Gürtel und säuberte sich damit die Fingernägel. Eine ganze Weile tat sie das ohne etwas zu sagen.

Lilli und Rosanna sahen sich beunruhigt an.

Eine Krähe schrie. Ein Igel raschelte durchs Gras. Der brennende Besenstiel knisterte leise.

Plötzlich steckte die Hexe das Messer zurück in den Gürtel. »Das Ganze könnte schwieriger werden, als ich dachte«, sagte sie. »Wenn ich wenigstens meinen Besen hätte. Junger Mann«, sie zog Ramses von ihrer Schulter und setzte ihn auf den Zaun, »wir beiden müssen uns unterhalten.«

Und das taten sie. Wie sich zwei Katzen unterhalten. Maunzend und miauend. Bis Ramses anfing, sich seelenruhig zu putzen.

»Oh, ich habe es befürchtet!«, rief die Hexe ärgerlich. »Heilige Dreizehn, gerade mal drei Leben hat dieser Kater auf dem Buckel. Völlig ungeeignet für jede Hexerei! Er versteht überhaupt nicht, was ich von ihm will! Dieser Kater redet nur von Fischköpfen und Eiscreme.« Wütend griff sie in eine der vielen Taschen in ihrem Kleid. »Wo sind denn meine Baldrianwurzeln, zum Fingerhut noch mal?«

Erstaunt sahen die Mädchen sie an. »Heißt das, du weißt nicht, wie du zurückkommen sollst?«, fragte Rosanna.

»Wo kommst du überhaupt her?«, fragte Lilli neugierig.

»So was erzählt eine Hexe nicht jedem«, sagte Elfriede mürrisch. »Solltet ihr eigentlich wissen. Schließlich sind unsere Erfahrungen ja nicht die besten, oder?«

Wieder wühlte sie in ihren Taschen herum. »Ja, ist mir denn der Mond auf den Kopf gefallen?«, schimpfte sie. »Kein Gundermann, kein Waldmeister, nichts dabei? Ah!«

Erleichtert zog sie eine fette Kröte hervor. Sie trug ein rotes Jäckchen mit goldener Stickerei und sah ziemlich schlecht gelaunt aus.

»Wenigstens dich hab ich dabei, mein Schatz!« Elfriede gab der Kröte einen schmatzenden Kuss. Vorsichtig setzte sie sie in die Tasche zurück. Dann lehnte sie sich seufzend gegen den Zaun und machte ein ziemlich ratloses Gesicht. »Schöner Dreck!«, sagte sie. »Da zaubert ihr zwei Anfängerinnen mich hierher und ich weiß nicht, wie ich wieder nach Hause komme. Ich nehme an, ihr wisst es auch nicht, was?«

Die beiden Mädchen zuckten zerknirscht die Schultern.

»Ihr wisst auch bestimmt nicht, wo ich Gundermann finden kann? Oder Waldmeister? Oder einen vernünftigen Besen aus Haselnussholz? Nein?«

»Wer soll denn das sein, dieser Gundermann?«, fragte Lilli.

»Und so was will Hexe werden!«, rief Elfriede.

»Wenn es nicht so traurig wäre, könnte ich glatt darüber lachen.«

»Tut uns wirklich leid«, murmelte Rosanna.

»Tja, dafür krieg ich aber nicht mal einen vernünftigen Besen«, stellte Elfriede ärgerlich fest. Sie begutachtete den zweiten Besen der Mädchen – und warf ihn verächtlich über den Zaun. »Oh, verflucht und zugehext, sieht so aus, als ob ich wieder mal zu Fuß gehen muss. So was! Ich hasse Zufußgehen.«

Und ohne Lilli oder Rosanna noch eines weiteren Blickes zu würdigen, verschwand sie in der Dunkelheit.

Krumme Wege

»Los, wir müssen ihr nachgehen!«, sagte Rosanna. »Sie kennt sich hier doch überhaupt nicht aus.«

»Pah, ist mir doch egal!« Misstrauisch betrachtete Lilli den brennenden Besenstiel. »Wie sie das wohl gemacht hat? Sah ziemlich einfach aus.«

Rosanna guckte sich beunruhigt um. »He, wo sind denn die Tiere?«

»Sind hinter ihr hergelaufen«, antwortete Lilli verächtlich. »Einträchtig nebeneinander. Wie die allerbesten Freunde. Was für Verräter!«

Rosanna sah zum Mond hinauf. »Wie spät ist es?«

»Gleich Mitternacht. Wieso?«

»Ich geh ihr nach«, sagte Rosanna entschlossen. »Wir haben ihr schließlich den Ärger eingebrockt.«

»Ach was!« Ärgerlich trat Lilli gegen den leeren Kochtopf. »Wahrscheinlich hat sie sich selbst aus Versehen hierher gezaubert. Ich kann sie nicht ausstehen!«

»Ich geh ihr nach«, sagte Rosanna und lief los. Nach ein paar Schritten war Lilli neben ihr. In der Dunkelheit war das schon sehr beruhigend.

Auf der Straße war es nicht ganz so unheimlich wie in dem dunklen Garten. Rosanna sah nach links, Lilli nach rechts.

»Ich seh sie!«, rief Rosanna. »Dahinten an der Ecke ist sie. Und Ramses und Zorro sind bei ihr.«

Hastig rannte sie der Hexe nach. Als sie die Schritte hinter sich hörte, drehte sie sich um.

»Ach, sieh an, die Junghexen!«, rief sie. »Sauberes kleines Städtchen, in dem ihr wohnt. Für eine Hexe allerdings trostlos. Guckt euch das an!« Sie zeigte auf den gepflasterten Bürgersteig, auf die Straße und die sauber gerupften Vorgärten. »Wo bitte schön, soll ich da ein paar Kräuterchen finden, hm? Nicht mal ein Hustenmittel würde ich hier zusammenkriegen, geschweige denn eine Rückfahrkarte nach Hause. Wo geht's denn hier etwas weniger ordentlich zu? Eure Tiere habe ich schon gefragt, aber die denken, das Futter wächst in der Dose. Und an Grünzeug sind sie nicht interessiert.«

»Bei Lilli im Garten ist es nicht ordentlich«, sagte Rosanna. »Da, wo wir gerade waren.«

»Stimmt«, Elfriede spähte angestrengt die Straße hinunter. »Ist ein nettes Fleckchen. Aber außer Gras und Johanniskraut war da auch nichts Brauchbares.« Sie tippte sich an die Nase. »So was rieche ich nämlich.« Mit Kennermiene sog sie die kühle Nachtluft ein. Dann zeigte sie über eine niedrige Hecke. »In der Richtung riecht es verheißungsvoll. Auf jeden Fall Waldmeister und vielleicht auch ein bisschen Gundermann.«

Und – hopp – sprang sie über die Hecke, mitten in ein Blumenbeet. Ramses und Zorro sprangen ihr nach.

»Entschuldigt die Störung!«, sagte Elfriede zu den Blumen. Sacht strich sie ihnen über die Blätter und pustete sie an. Beunruhigt guckten Rosanna und Lilli die Straße hinunter. »Du kannst doch nicht einfach in fremde Gärten hüpfen!«, zischte Lilli. »Wenn dich jemand sieht!«

Elfriede kicherte nur. »Heilige Dreizehn! Nun mach dir bloß nicht in die Hosen. Hexen lieben krumme Wege! Denn nur die sind voller Überraschungen.«

Pfeifend tanzte sie über den kurz geschorenen Rasen auf die nächste Hecke zu. Rosanna sah sich noch mal um, dann fasste sie sich ein Herz und kletterte hinterher. Kopfschüttelnd folgte Lilli ihr.

Sie stiegen über viele Hecken und Zäune, bis Elfriede fand, was sie suchte. In einem völlig verwilderten Garten wuchsen überall unter Obstbäumen und Sträuchern weiß blühender Waldmeister und blassblauer Gundermann.

»Darf ich vorstellen? Herr Gundermann und Frau Waldmeister!« Behutsam pflückte Elfriede die kleinen Stiele und steckte sie in einen Beutel, der an ihrem Gürtel hing.

»Wozu sind die gut?«, fragte Rosanna.

»Vertreiben den Muskelkater beim Fliegen«, sagte Elfriede. »Und noch einiges mehr. Aber darüber plaudert eine Hexe nicht vor zwei Nachwuchshexen wie euch.«

Sie stand auf und sah sich zufrieden um. »Was habe ich euch gesagt! So was findet sich nur auf krummen Wegen. Wunderbare Bleibe für eine vorübergehend heimatlose Hexe. Vielleicht gibt es hier ja sogar einen Besen.«

Der Garten gehörte zu einem verlassenen Haus. Die Fenster waren zugenagelt. Vor der Treppe stand zwischen hohen Brennesseln ein Schild ›Zu verkaufen‹. Elfriede lief zu einem Fenster an der Hinterfront des Hauses, zog ihren Dolch aus dem Gürtel und stemmte damit die Bretter vom Fenster los.

»Oje, willst du da etwa rein?«, fragte Lilli.

»Ja, sicher. Ist doch niemand zu Hause«, sagte die Hexe, öffnete die morschen Fensterflügel und kletterte hinein. Die beiden Nachwuchshexen folgten ihr. Ramses und Zorro erkundeten lieber den Garten.

Spukig war es in dem verlassenen Haus. Alle Zimmer standen völlig leer, selbst der Raum, der mal eine Küche gewesen war. Dunkel und leer war alles, bis auf raschelnde Mäuse und Spinnweben. Die Mädchen waren froh, als Elfriede die Besensuche aufgab und sie wieder ins Freie kletterten. »Ich könnte diesen Besen ja auch selber machen«, sagte die Hexe. »Aber das ist viel Arbeit. Zaubern ist dabei nämlich verboten. Und ich bin eine faule Hexe.«

Also ging die nächtliche Suche weiter. Der Mond wanderte über den Himmel und sie wanderten durch fremde Gärten, schlichen sich in fremde Schuppen, über verlassene Parkplätze und an beleuchteten Geschäften vorbei. Eine merkwürdige

Gesellschaft: zwei Mädchen in sonderbarer Kleidung, eine nicht weniger sonderbar gekleidete Frau mit einem Dolch im Gürtel und einer Schlange um den Arm, ein Kater und ein Riesenhund, die friedlich nebeneinander hertrabten.

Das alles war so unwirklich, dass Rosanna sich wie eine Traumwandlerin fühlte.

Erst als der Mond verblasste, kehrten sie zu Lillis

51

Haus zurück. Die Hexe hatte die Taschen voll mit Kräutern, Vogelfedern und kleinen Steinchen. Aber den richtigen Besen hatten sie nicht gefunden.

»Verflucht und zugehext! Plastikstiele, Plastikstiele oder irgendein lackiertes Zeugs!«, schimpfte sie. »Also doch Handarbeit, Elfriede.« Sie rekelte sich und gähnte. »Was soll's! Jetzt wird geschlafen. War auf jeden Fall mal was anderes, dieses Walpurgisfest. Allerdings etwas unerfreulich für meine Füße.«

»Wo gehst du jetzt hin?«, fragte Lilli. Die lange Wanderung im Mondlicht hatte ihren Zorn verrauchen lassen. Am liebsten hätte sie die aufgehende Sonne hinter den Horizont zurückgescheucht.

»Oh, mal sehen«, sagte Elfriede. »Vielleicht in den Garten voll Waldmeister und Gundermann?«

»Und?« Rosanna wagte kaum zu fragen. »Sehen wir dich wieder?«

»Mal sehen«, antwortete die Hexe. »Kann sein.« Sie winkte ihnen noch einmal zu, hüpfte über die leere Straße, stieg über einen Zaun und war verschwunden.

Wenn die Mädchen Zorro und Ramses nicht festgehalten hätten, wären sie ihr nachgerannt.

Krötengift

Der erste Mai war genauso scheußlich wie der letzte Apriltag. Als Rosanna und Lilli aus ihren Betten
krochen, hing der Himmel schon
wieder voller Wolken. Grau und
schwer schoben sie sich vor das
letzte bisschen Blau und bald war das vertraute
Klopfen und Tropfen des Regens zu hören. Die
Zweige wurden wieder schwer, die Blumen neig-
ten die Köpfe zur Erde.

Die Mädchen setzten sich an den Frühstückstisch.

»Na, wie habt ihr geschlafen?«, fragte Lillis Vater
arglos. Er hatte immer noch Musik gehört, als sie
sich mitten in der Nacht in Lillis Zimmer geschli-
chen hatten, und so war ihr Abenteuer unentdeckt
geblieben.

Nach dem Frühstück liefen die Mädchen in den
Garten und verwischten die Spuren ihres Hexen-
tanzes. Die Tomatensuppe hatte der Regen längst
von den Halmen gewaschen. Auf einem einsamen
Würstchen saß eine Schnecke. Sie ließen sie sitzen.
Der Besen, den die Hexe angezündet hatte, stand

unversehrt da. Wie das Skelett einer Vogelscheu-
che. Nur ein bisschen Ruß klebte auf dem Stielende. Lilli nahm ihn mit in ihr Zimmer. Dort lagen
Ramses und Zorro einträchtig nebeneinander auf
dem Bett.

Kopfschüttelnd betrachtete Rosanna die beiden.
»Ramses«, sagte sie. »Dass du dich jetzt mit Hun-
den abgibst. Und dann auch noch mit dem da.«

»Was meinst du, sollen wir zu dem Haus gehen?«,
fragte Lilli.

Rosanna nickte. »Wenn wir es wieder finden.«

»Ich habe mir den Straßennamen gemerkt«, sagte
Lilli. »Fingerkrautweg.«

Lillis Eltern saßen noch am Frühstückstisch, im
Morgenmantel, die Zeitung vor der Nase. Ihre
Schwestern lagen, wie immer um diese Zeit, noch
im Bett.

»Wir gehen spazieren«, sagte Lilli.

»Was macht ihr?« Erstaunt guckte ihre Mutter
über den Rand ihrer Zeitung. »Es regnet.«

»Ein Regenspaziergang«, sagte Lilli.

Das ließ auch ihren Vater die Zeitung senken.
»Wollt ihr Zorro nicht mitnehmen?«, fragte er.

Lilli schüttelte den Kopf. »Der schmust gerade mit
Rosannas Kater.«

»Was tut der?«, fragte Lillis Mutter ungläubig.

»Wir müssen los, Lilli.« Rosanna war ungeduldig.

»Hoffentlich wäscht der Regen dir die furchtbare Farbe aus den Haaren!«, rief Lillis Mutter ihnen hinterher.

Aber da waren die Mädchen schon draußen.

Suchend liefen sie durch die Straßen. Am Tag sah alles so anders aus. Fortgewaschen war das Blau der Nacht. Sogar die Blätter waren grau im Regen.

»Macht viel mehr Spaß, über Hecken zu klettern!«, stellte Rosanna fest. Ratlos sah sie sich um. »Meinst du, hier ist es richtig?«

»Dahinten ist es!«, rief Lilli.

Bei Tageslicht sah das verlassene Haus nicht mehr verwunschen, sondern einfach nur schäbig aus. Sie öffneten das quietschende Gartentor und liefen nach hinten in den Garten. Bis zu den Knöcheln standen sie im Waldmeister, der Gundermann kitzelte ihre Waden. Aber von der Hexe war nichts zu sehen.

»Vielleicht haben wir alles nur geträumt«, sagte Rosanna.

»Quatsch, das Haus ist doch da, oder?«, sagte Lilli. »Und dieser Gundermann oder wie der heißt auch. Von dem würde ich bestimmt nicht träumen. Komm!« Sie zog Rosanna mit sich. »Bestimmt ist sie im Haus.«

Sie liefen zu dem Fenster, durch das sie in der vergangenen Nacht geklettert waren. Die Bretter lagen noch davor im hohen Gras. Durch die offenen Fensterflügel hörten sie Elfriedes Stimme.

»Nun mach schon, Brunhilde!«, schimpfte sie.

Die Mädchen lugten durchs Fenster. Mitten in dem leeren Zimmer lag die Hexe auf dem staubigen Holzfußboden und redete mit ihrer Kröte.

»Hallo, Elfriede«, sagte Rosanna. Ihr Herz machte einen kleinen Sprung aus Freude darüber, dass die Hexe kein Traum gewesen war.

»Hallo, ihr beiden«, sagte Elfriede und winkte ihnen zu. »Steht nicht da wie angewachsen, kommt rein.« Dann wandte sie sich wieder der Kröte zu.

»Also, Brunhilde, letzter Versuch.«

Vor der Kröte stand eine grüne Glasschale. Dumpf glotzte sie hinein.

»Du fiese, schleimige Fliegenfresserin«, sagte Elfriede. »Du schmerbäuchige alte Giftspritzerin. Du warzenübersätes Wabbelgesicht!«

Die Kröte gluckste leise. Es klang, als lachte sie die Hexe aus.

»Zaubernuss und Bilsenkraut!«, schimpfte die Hexe. »Mehr fällt mir nun wirklich nicht ein!«

»Was machst du denn da?«, fragte Lilli neugierig.

»Ich versuche an etwas Krötengift zu kommen«, sagte Elfriede. »Aber die alte Brunhilde spuckt einfach nichts aus.«

»Vielleicht solltest du etwas freundlicher zu ihr sein!«, schlug Rosanna vor.

»Freundlichkeit hilft da gar nichts. Kröten spucken nur Gift, wenn sie wütend sind. Sehr wütend. Und das ist der Haken. Brunhilde wird einfach nicht mehr wütend auf mich. Kennt eben längst alle meine Schimpfwörter. Und neue fallen mir einfach nicht ein.«

Die Kröte blinzelte und schnappte nach einer Fliege.

»Kann ich es mal versuchen?«, fragte Lilli.

»Aber bitte sehr!« Elfriede rutschte ein Stück zur Seite. »Versuch es. Aber komm ihr nicht zu nahe. Das Gift ist ziemlich unangenehm.«

Kichernd kniete Lilli sich vor die Kröte hin. Rosanna setzte sich neben sie.

»Du mickriger Laubfrosch«, sagte Lilli.

Gelangweilt schloss die Kröte die Augen.

»Du grausliger Giftpudding.«

Keine Reaktion.

»Schwabbelige Schweinebacke. Glitschige alte Teichschnecke.«

Die Kröte gluckste. Sie schien sich köstlich zu amüsieren. »Süßes Schnuckelchen«, sagte Rosanna.

Die Kröte öffnete ihre Augen und verzog das breite Maul. Ein bisschen ärgerlich sah sie plötzlich aus.

»Honigkuchen. Schnuckelputz«, flötete Rosanna.

Die Krötenaugen wurden wütende Schlitze.

»Engelchen«, hauchte Rosanna. »Zuckermäulchen.«

Platsch! Das breite Maul spitzte sich und spuckte eine Riesenladung Krötengift in Rosannas Richtung.

Geistesgegenwärtig riss sie die Schale hoch – und das wertvolle Gift klatschte hinein.

Beleidigt drehte Brunhilde sich um und watschelte aus dem Zimmer.

»Bravo!«, rief Elfriede. »Damit hättest du die erste Hexenprüfung schon bestanden.«

»Mann, warum ist mir das nicht eingefallen?«, murmelte Lilli zerknirscht. »Aus mir wird wohl nie eine Hexe, was?«

»Blödsinn!«, sagte Elfriede tröstend. »Du wirst noch eine wunderbare Hexe. Ich bin auch keine gute Krötenbeschimpferin. Jede Hexe hat so ihre Spezialitäten. Aber jetzt …«, sie sprang auf, »jetzt wartet noch ein bisschen Arbeit auf mich. Wo hab ich denn den Zettel?« Wieder suchte Elfriede in ihren unzähligen Kleidertaschen herum. »Ah, da. Ja.« Sie zog einen reichlich verdreckten Zettel hervor. »Habe gestern Nacht einiges vergessen. Typisch.«

»Was ist das für eine Schrift?«, fragte Lilli.

»Hexenschrift, was sonst? Das hier«, sie wedelte mit dem Zettel, »das sind die dreizehn wichtigsten

Zaubersprüche für daheim und unterwegs. Samt
Zutaten und Kochrezepten.«

»Kochrezepte?«, fragte Rosanna ungläubig.

»Ja, ihr glaubt nicht, wie scheußlich diese Zauber-
säfte manchmal schmecken«, erklärte Elfriede. Da
muss schon ein bisschen was Schmackhaftes dran,
damit so eine verwöhnte Hexenzunge sie runter-
kriegt. Heilige Dreizehn, wo haben wir es denn?
Da. ›Mittel gegen Zufallszauber und besenlosen
Ortswechsel‹.« Ärgerlich klopfte sie sich an den
Kopf. »Zehnmal hab ich mir das nun schon durch-
gelesen, aber ich vergess es immer wieder. Tja, der
Lack ist ab. Kann man nichts machen. Gegen Ver-
gesslichkeit ist kein Kraut gewachsen.«

Elfriede kratzte sich hinterm Ohr. »Pfingstrosen-
wurzeln? Ach was, wozu soll ich mich unsichtbar
machen. Alraunen, hm.« Aus einer Tasche zog sie
eine seltsam geformte Wurzel. »Die ist nicht mehr
ganz frisch, na ja. Elfriedes Spezialmischung Nr. 3?
Noch ein mickriger Rest. Aber es müsste reichen.
Tja, dann bleibt nur noch das Hauptproblem. Der
Besen. Und mein leerer Magen.«

»Meiner knurrt auch wie verrückt«, stöhnte Lilli.

»Meine Mutter würde uns bestimmt was kochen«,
sagte Rosanna.

Lilli kicherte. »Mein Vater auch, aber ich glaub, das hält nicht mal ein Hexenmagen aus. Außerdem könnten wir bei euch noch ein Eis essen. Hast du schon mal Eis gegessen, Elfriede?«

»Was denkst du denn?«, fragte die Hexe zurück. »Ich bin doch nicht von vorgestern. Lasst uns fliegen! Ach nein, hab ja immer noch keinen Besen. Also dann, lasst uns gehen.«

»Die Schlange solltest du vielleicht besser hier lassen«, sagte Rosanna. »Und die Kröte auch.«

»Warum das denn?«

»Na, du könntest damit – äh …« Lilli räusperte sich verlegen.

»Du könntest damit auffallen«, beendete Rosanna ihren Satz. »Ich fall gern auf«, sagte die Hexe.

»Aber die Leute. Die würden sich erschrecken vor so einer Schlange«, stotterte Lilli.

»Schon gut, schon gut. Riesenhunde, Katzen, alles nicht so schlimm, aber so eine winzige, nette Schlange.« Ärgerlich wickelte sie sich die Schlange vom Arm und steckte sie in eine kleine Büchse. »Wir verstehen schon, Klara, nicht wahr?« Sie hängte die Schlangenbüchse an ihren Gürtel und ging ins andere Zimmer. »Brunhilde! Brunhilde, komm her. Wir gehen essen.«

»Die Kröte will sie auch mitnehmen!«, flüsterte Lilli.

Schicksalsergeben zuckte Rosanna die Schultern.

»Also, ich bin fertig«, sagte Elfriede und steckte die Kröte in eine Tasche. »Habt ihr vielleicht auch noch was an meinem Kleid zu meckern oder an meiner Nase?«

»Das Messer«, sagte Rosanna kleinlaut. »Könntest du das vielleicht hier lassen?«

»Na gut!«, sagte die Hexe. »Ich weiß zwar nicht, warum, aber ich tu es.« Seufzend zog sie den schwarzen Dolch aus dem Gürtel und spießte ihn in den Fußboden, neben den kleinen Berg von Zauberzutaten, die sie schon zusammengetragen hatte. Dann kletterte sie mit wehendem Rock aus dem Fenster. Lilli und Rosanna folgten ihr.

Draußen bückte sich Elfriede und malte mit einem Stück Kreide ein seltsames Symbol an die Mauer. Genau unter das offene Fenster. Dann zerrieb sie ein paar graue Blätter zwischen den Fingern und wischte sie am Fensterbrett ab. »Vorsichtshalber!«, sagte sie. »Damit mir keiner meine Zutaten durcheinander bringt. Und jetzt gehen wir Eis essen.«

Eis und Risotto

Der dicke Mann mit dem Pudel war wieder der einzige Gast, als Rosanna und Lilli mit der Hexe ins Café kamen. Lilli stellte die Hexe vor. »Das ist meine Tante Elfriede.«

Rosannas Eltern guckten etwas überrascht, aber sehr freundlich. Als Rosanna sagte, dass sie hungrig seien, ging ihre Mutter gleich in die Küche, um Risotto warm zu machen. Lilli bestellte gleich einen großen Becher Eis bei Rosannas Vater.

Als sie sich an einen Tisch gesetzt hatten, sah die Hexe sich neugierig in dem kleinen Café um.

»Viele Stühle, keine Menschen«, stellte sie fest. Sie beugte sich über den Tisch zu Rosanna und flüsterte: »Deine Mutter sollte andere Blumen auf die Tische stellen.«

»Was stimmt denn nicht mit denen?«, fragte Rosanna erstaunt.

»Nelken! Du heilige Dreizehn. Das sind ziemlich unangenehme Pflanzen. Verbreiten schlechte Laune.«

64

»Und welche Blumen würdest du vorschlagen?«, fragte Lilli.

»Rosen? Nein, noch zu früh. Vergissmeinnicht vielleicht. Aber auf keinen Fall Nelken.« Elfriede schüttelte sich. »Scheußlich unerfreuliche Dinger.«

»Ach, weißt du …«, seufzend guckte Rosanna über die leeren Stuhlreihen, »das sind nicht die Blumen, Elfriede. Das ist das Wetter. Vier Wochen Regen ist einfach zu viel.«

In dem Moment kam ihre Mutter mit drei großen Tellern aus der Küche. Der dicke Mann und der Pudel guckten ihr begehrlich hinterher.

»Guten Appetit«, sagte Rosannas Mutter. »Von wo kommen Sie, Frau …?«

»Elfriede Gundermann«, sagte die Hexe, den Mund voll heißem Risotto. »Ich komme aus – hm, schmeckt das köstlich –, ich komme aus, aus Schlangenstadt, ja. Das ist in der Nähe von Besenbrück.«

»Aha!«, sagte Rosannas Mutter etwas ratlos.

»Hallo, Bedienung!«, rief der dicke Mann und klopfte mit dem Löffel gegen seine Kaffeetasse. »Könnte ich noch einen Fruchtbecher haben? Aber mit etwas mehr Sahne, bitte.«

»Sofort!«, rief Rosannas Mutter. »Das ist schon sein dritter!«, flüsterte sie und verschwand hinter dem großen Tresen, wo Rosannas Vater gerade die staubigen Gläser polierte.

»Da, seht ihr?«, raunte Elfriede. »Nelken ziehen solche Leute geradezu an.«

Der Mann bekam seinen Fruchtbecher, verputzte die Sahne und verfütterte zwei Kugeln Eis an seinen Hund.

»So ein Gast ist besser als gar keiner«, sagte Rosanna und schob ihren fast vollen Teller beiseite.

»Willst du nicht mehr?«, fragte Elfriede hoffnungsvoll. »Kann ich vielleicht noch …?« Ihr Teller war längst leer.

In dem Moment quakte die Kröte laut und vernehmlich.

Der Pudel spitzte die Ohren und sah in ihre Richtung.

»Still, Brunhilde!«, zischte die Hexe.

Aber die Kröte quakte wieder und schob einen Fuß aus der Tasche. Hastig griff Elfriede nach ihr, aber Brunhilde glitschte ihr durch die Finger und hüpfte in Rosannas Risotto.

Dem dicken Mann fiel der Eislöffel aus der Hand.

»Nun guck dir dein Jäckchen an!«, schimpfte Elfriede. »Völlig verschmiert. Hab ich nicht genug Sorgen am Hals, du freche Kröte?«

Mühsam zog die Kröte ihre Füße aus dem klebrigen Reis und hüpfte vom Teller. Rosannas Eltern standen wie versteinert hinter dem Tresen. Die reisverklebte Kröte watschelte unternehmungslustig über den Tisch und guckte in den leeren Aschenbecher. Lilli und Rosanna kicherten los. Sie konnten überhaupt nicht mehr aufhören.

»Brunhilde!«, sagte Elfriede drohend. »Brunhilde, du kommst auf der Stelle her.«

»Das ist unglaublich!«, rief der dicke Mann. »Unglaublich.«

Der Pudel wedelte wie verrückt mit dem Stummelschwanz. Plötzlich sprang er mit einem Satz vom Schoß seines Herrn, raste auf gut frisierten Beinen zwischen den Stühlen durch und bremste hechelnd vor Elfriedes Stuhl.

»Hallo«, sagte die Hexe. »Die Kröte schmeckt nicht. Du würdest dir nur den Magen verderben.«

Der Pudel legte den Kopf schief und sprang Elfriede auf den Schoß. Hochrot im Gesicht, kam der dicke Mann angeschnauft. Brunhilde saß mitten auf dem Tisch und gluckste leise vor sich hin.

»Mein Gott!«, schrie der Mann. »Wie widerlich!
Eine Kröte! Und sie hat eine Jacke an!«

»Ja, sie friert so leicht!«, sagte Elfriede mit einem
freundlichen Lächeln, während sie dem Pudel den
Kopf kraulte. »Außerdem ist sie furchtbar eitel!«
Rosanna und Lilli kicherten immer noch.

»Lassen Sie sofort Ihre Finger von meinem
Hund!«, brüllte der dicke Mann. Sein Pudel
schnüffelte interessiert an der Schlangenbüchse.

»Das lässt du besser!«, flüsterte Elfriede ihm ins Ohr. »Das könnte sehr ungesund für dich werden.« Dann drückte sie ihn dem dicken Mann in die Arme.

»Netter Hund«, sagte sie mit zuckersüßem Lächeln. »Nur völlig falsch frisiert.«

Stumm vor Empörung packte der dicke Mann den Pudel und schleppte ihn wie einen Kartoffelsack an seinen Tisch zurück. Dort raffte er seine Sachen zusammen, warf Geld auf den Tresen und knallte die Cafétür hinter sich zu. Leichenblass guckten Rosannas Eltern ihrem letzten zahlenden Gast hinterher.

»Komm her, Brunhilde«, murmelte Elfriede, packte die zappelnde Kröte und stopfte sie zurück in die Tasche.

Als Rosanna ihre Eltern ansah, blieb ihr das Kichern im Hals stecken. Lilli ging es genauso.

»Er war ein ganz fieser Kerl«, sagte Rosanna kläglich. »Hat euch dauernd rumkommandiert.«

Ihr Vater nickte. »Und bezahlt«, sagte er.

»Wir bezahlen auch«, rief Lilli und fischte ihr Taschengeld aus der Hosentasche.

»Lass stecken, kleine Lilli«, sagte Rosannas Mutter und sah zum Fenster hinaus.

»Hast du nicht zufällig ein paar Goldstücke dabei?«, fragte Rosanna Elfriede bitter.

Beschämt senkte die Hexe den Kopf.

»Im Goldmachen bin ich nicht besonders gut«,
sagte sie.

In dem kleinen Café wurde es furchtbar still.
Schließlich ging Rosannas Mutter in die Küche
und ihr Vater stellte das Radio ganz laut.

Elfriede sah in den Regen hinaus und zupfte nachdenklich an ihrem Ohrläppchen herum.

»Wisst ihr was?«, sagte sie schließlich. »Ich bin
zwar keine gute Goldmacherin. Und Kröten können andere auch viel besser beschimpfen. Aber etwas anderes kann ich erstklassig. Absolut erstklassig. Kenn keine bessere.«

»Und was wäre das?«, fragte Lilli.

»Ist ein ziemlicher Aufwand«, sagte Elfriede. »Deshalb mach ich es selten. Außerdem pfusch ich nicht
gern darin rum. Bring die Welt nicht durcheinander! Alte Hexenweisheit. Versteht ihr?«

»Was ist es?«, fragte Rosanna ungeduldig. »Nun rück schon raus damit.

»Na, das Wetter«, sagte Elfriede. »Ich kann das Wetter ändern. Kann den Regen abdrehen wie andere den Wasserhahn. So bezahle ich. Einverstanden?«

Hexenflug

Erst dachte Rosanna, ein Traum habe sie geweckt. Irgendein böser Traum. Sie öffnete die Augen und hörte etwas gegen ihr Fenster klopfen, laut und ungeduldig. Rosannas Fenster lag fünf Meter über dem Erdboden, direkt unter dem Dach. Erschrocken guckte sie in die Nacht hinaus. Eine Nase drückte sich gegen die Scheibe, ein paar Hände fuchtelten in der Dunkelheit.

Rosanna bekam einen so furchtbaren Schreck, dass sie einfach die Decke über den Kopf zog. Ramses war längst unter dem Bett verschwunden.

»He, was soll das?«, rief Elfriede. »Mach endlich das Fenster auf. Oder willst du bei meinem wunderbaren Wetterzauber nicht dabei sein?«

Ungläubig zog Rosanna die Decke vom Gesicht. Es war wirklich Elfriede. Rosanna lief zum Fenster und öffnete es hastig. Ramses kam unter dem Bett hervor und sprang aufs Fensterbrett. Wie an Fäden hing die Hexe in der Nacht. Mit wehendem Rock auf einem riesigen struppigen Besen.

»Was sagt ihr zu dem Prachtexemplar?«, rief sie und flog einen eleganten kleinen Bogen.

Rosanna sagte erst mal gar nichts. Das Ganze sah einfach zu verrückt aus.

Elfriede flog ganz nah ans Haus heran und setzte lässig eine Stiefelspitze aufs Fensterbrett. »Weißt du, wo ich den gefunden habe? Bei euren Nachbarn.«

»Ja, die fegen den ganzen Tag den Gehsteig«, sagte Rosanna. »Und unseren gleich mit, weil er ihnen zu unordentlich aussieht. Wegen der Eislöffel und so, weißt du?«

»Na, nun ist erst mal Schluss mit Fegen!«, sagte Elfriede. Kichernd stieß die Hexe sich ab. »Juhuu-uuuh!«, schrie sie. »Juhuhuhuhuuuuuuh!« Mit flatterndem Haar drehte sie ein paar Loopings, bei denen Rosanna schon vom Zusehen schwindlig wurde. Dann flog sie rückwärts aufs Fenster zu, bis der Besen in Rosannas Zimmer ragte. Fauchend schlug Ramses mit der Pfote danach.

»Steig auf!«, rief Elfriede. »Sonst wird die Nacht zu alt für unsren Zauber.«

»Da drauf?« Erschrocken machte Rosanna einen Schritt zurück in ihr sicheres Zimmer. »Das kann ich nicht.«

»Ach, komm schon!« Ungeduldig streckte Elfriede ihr die Hand entgegen. »Du kannst dich
doch an mir festhalten. Ist leichter als laufen.«
»Und Lilli?«
»Die holen wir auch noch ab.«
Rosanna biss auf ihren Lippen herum. Dann zog
sie sich eine Wolljacke übers Nachthemd, schlüpfte

in ihre Schuhe und stieg mit butterweichen Beinen auf den Besen. Ängstlich klammerte sie sich an das Kleid der Hexe. Und die Augen kniff sie zu.

»Los geht's!« Mit einem kräftigen Tritt stieß Elfriede sich vom Fensterbrett ab und sie schossen in die Nacht hinaus. Feiner Regen trieb Rosanna ins Gesicht. Sie drückte ihre Nase in Elfriedes Kleid.

»Ist das nicht wunderbar?«, rief die Hexe.

»Ja!«, hauchte Rosanna. Einen klitzekleinen Spalt weit öffnete sie die Augen. Über ihnen, neben ihnen war nichts als der schwarze Himmel. In dieser Nacht gab es weder Mond noch Sterne, so dicht waren die Wolken. Aber unter Rosannas Füßen glitzerten tausend Lichter, schlängelten sich schimmernde Schlangen durch die Dunkelheit. Schnell kniff sie die Augen wieder zu.

»Wir fliegen, wir fliegen, bis sich die Besen biegen«, sang Elfriede – nicht schön, aber laut. Plötzlich bremste sie. »Oh, vorbeigeflogen«, murmelte sie. »Macht nichts.« In weitem Bogen sauste sie zurück. Rosannas Magen fühlte sich furchtbar an, aber die Augen machte sie trotzdem noch mal auf. Tiefer und tiefer flogen sie, bis Elfriedes Stiefelabsätze die Bäume streiften.

»Wo ist Lillis Fenster?«, rief die Hexe. Das Haus

war schon in Sicht. »Deins hab ich eine Ewigkeit suchen müssen.«

»Unten!«, rief Rosanna zurück. »Auf der Gartenseite ganz rechts.«

»Gut, Landeanflug!« Elfriede streckte die Beine nach vorn und ließ den Besen tiefer sinken, bis er nur noch einen halben Meter über der Erde schwebte.

Hinter Lillis Fenster war es stockdunkel. Im Zimmer darüber brannte noch Licht. Leise Musik drang in die Nacht hinaus. Als Elfriede gegen Lillis Fenster klopfte, rührte sich zuerst nichts. Aber dann sprang Zorro plötzlich laut bellend gegen die Scheibe.

»Oh, verflucht und zugehext!«, schimpfte die Hexe. »Der Dummkopf wird das ganze Haus aufwecken!«

Lillis erschrockenes Gesicht tauchte neben Zorros Riesenschnauze auf. Rosanna beugte sich hinter Elfriedes Rücken vor und winkte ihr zu. Da zerrte Lilli den Hund vom Fensterbrett und stieß das Fenster auf.

»Wo kommt ihr denn her?«, fragte sie völlig verdattert.

Zorro hatte seine Vorderpfoten schon wieder auf

dem Fensterbrett und hechelte Elfriede seinen stinkigen Atem ins Gesicht.

»Schierling und Schneckenschleim!«, schimpfte die Hexe. »Was gibst du diesem Hund denn zu fressen? Der Mundgeruch haut ja die stärkste Hexe vom Besen!« Ungeduldig zeigte sie hinter sich. »Los, rauf da, bevor deine ganze Familie im Zimmer steht. Wäre bei dem Spektakel wirklich kein Wunder!«

»Da rauf?« Ungläubig zeigte Lilli auf den Besen.

»Was denn sonst? Willst du schon wieder laufen?«

»Du meinst, wir fliegen?«, fragte Lilli. »Ich komm sofort!« Sie verschwand und war wie der Blitz zurück, in Anorak und Schuhen. »Darf ich vorne sitzen?«

»Tut mir Leid. Nachwuchshexen sitzen hinten«, sagte Elfriede.

»Na gut.« Geschickt schwang Lilli sich vom Fensterbrett auf den Besenstiel. Zorro reckte sich winselnd aus dem Fenster.

»Tut mir Leid, Dicker«, sagte die Hexe. »Aber du kannst nicht auch noch mit. Los, zurück ins Zimmer, leg dich schlafen!«

Zu Rosannas und Lillis Erstaunen trollte Zorro sich wirklich.

»Na bitte!«, sagte die Hexe zufrieden. »Mucks-mäuschenstill jetzt, wenn ich bitten darf. Da oben ist noch jemand wach.«

»Ach, das ist mein Vater«, sagte Lilli. »Wenn der Musik hört, kann das Haus abbrennen und er merkt nichts.«

Sie legte die Arme um Rosannas Hüften und rutschte aufgeregt auf dem Besenstiel herum. »Wohin geht's denn eigentlich?«

»Wir dürfen bei ihrem Wetterzauber zusehen«, sagte Rosanna.

»Wunderbar!«, rief Lilli.

»Wenn du beim Fliegen so zappelst«, sagte Elfriede ungeduldig, »fallen wir vom Himmel wie reife Pflaumen. Klar?«

»Klar, klar!«

Elfriede murmelte irgendwas von komischem Hexennachwuchs. Dann stieß sie sich von der Hausmauer ab und ließ den Besen steil in den Himmel steigen.

Lilli quietschte vor Vergnügen. So laut, dass Rosanna sie am liebsten vom Besen gekippt hätte.

»Ist das nicht wunderbar?«, rief sie immerzu. »Ist das nicht absolut einmalig unglaublich riesentoll?«

»Ja, ja«, knurrte Rosanna.

»Guck doch mal!«, schrie Lilli ihr ins Ohr. »Guck mal, da unten. Wahnsinn!«

Rosanna guckte nicht nach unten. Sie presste ihr Gesicht lieber ganz dicht an Elfriedes Kleid. Das beruhigte ihren Magen ein bisschen.

Elfriede aber lachte. »Guck an, unsre kleine Flughexe. Keine gute Krötenbeschimpferin, aber erstklassig beim Besenreiten! Vorsicht, es geht wieder abwärts.«

Unter ihnen lag das verlassene Haus. Elfriede lenkte den Besen einmal um den Schornstein rum, aber dann flog sie weiter über die alten Obstbäume und dunklen Gärten, bis die Straßen nicht mehr so hell erleuchtet waren.

»Wo willst du denn hin?«, rief Rosanna.

»Jeder Zauber braucht seinen Platz«, rief die Hexe zurück. »Und ich glaube, für unseren kleinen Wetterzauber hab ich genau den richtigen gefunden. Da vorne ist es schon!«

Lilli und Rosanna kannten sich hier aus. Elfriede steuerte den Hügel an, auf dem sie im Winter rodelten: der einzige Hügel weit und breit in diesem flachen Land. Das Gras auf seinem Buckel wuchs nur noch spärlich, zu viele Kinderfüße hatten es zertreten, zu viele Schlittenkufen ihre Furchen hineingezogen. Am Rand der Kuppe, die Wurzeln in den Hang gekrallt, stand eine große Linde. Elfriede landete unter ihren Zweigen.

»Oh, schade!«, maulte Lilli. »Können wir nicht noch ein paar Runden fliegen?«

Erleichtert fühlte Rosanna wieder festen Boden unter den Füßen. Aber die dunkle Stille ringsum war ihr auch ein bisschen unheimlich.

»Elfriede?«, fragte sie. »Müssen Hexen fliegen?«

Kichernd schüttelte Elfriede den Kopf. »Hexen müssen gar nichts. Tu, was du willst, und schade niemandem. Das ist ein altes Hexenmotto. Wenn du das Fliegen nicht magst«, sie zuckte die Schultern, »dann lässt du es. Ganz einfach. Und jetzt setzt ihr beiden euch unter die Linde da. Es wird Zeit, dass ich mich an die Arbeit mache.«

Wetterzauber

Langsam ging Elfriede zur Mitte der Hügelkuppe und sah hinauf zu den dunklen Wolken. Ihr Gesicht war nass vom Regen.

»Fast zu spät«, hörten die Mädchen sie murmeln. Dann streckte die Hexe ihre Hände dem Himmel entgegen. Zischend wand sich die Schlange an ihrem Arm. Elfriede ließ die Hände wieder sinken, zog den Stab mit dem Katzenkopf aus dem Gürtel und zeichnete damit einen großen Kreis auf die feuchte Erde.

»Der Kreis sieht aber auch nicht besser aus als meiner«, flüsterte Lilli Rosanna ins Ohr.

Rosanna musste kichern.

»Ruhe da!«, rief Elfriede. »Krötengift und Hexenspucke, wie soll ich mich bei dem Gegacker konzentrieren?«

»Entschuldigung!«, murmelte Rosanna zerknirscht.

»Schon gut!« Elfriede wischte sich mit dem Kleid das Gesicht ab. »Dieser ewige Regen geht an die Nerven. Wird Zeit, dass er aufhört.«

81

Sie stellte ihren Besen mitten in den Kreis und entzündete an seinem Stiel ein Feuer, wie sie es in Lillis Garten getan hatte. »So, wenigstens ein bisschen Licht in dieser mondlos scheußlichen Nacht.«

Aus einem Beutel an ihrem Gürtel nahm sie vier große, glatte Steine und legte sie auf die Linie.

»Wozu sind die gut?«, fragte Lilli neugierig.

»Nun hör sich eine das an! Wozu sind die gut? Schon mal etwas von den vier Himmelsrichtungen gehört? Ja?« Elfriede zeigte auf den ersten Stein. »Der Osten. Zu ihm gehört das Element Luft.« Sieben Federn legte sie auf den Stein und beschwerte sie sorgfältig mit ein paar Kieseln. »Der Süden«, sie ging zum nächsten Stein, »zu ihm gehört das Feuer.« Mit Spucke malte sie eine Sonne darauf. Dann stellte sie auf den dritten Stein einen kleinen Kelch. »Zum Westen das Wasser und zum Norden …« Sie zeigte auf den letzten Stein. »Zum Norden die Erde.« Und sie beschmierte den Stein und ihre Hände mit Erde.

»Einfach zu merken, was?« flüsterte Lilli Rosanna zu. »Ein paar Mal üben und wir können das auch.«

»Ach ja?«, flüsterte Rosanna zurück. »Ich wette, du kennst nicht mal die Himmelsrichtungen.«

»Noch mehr von eurem Getuschel«, rief Elfriede, »und ich lass es Frösche regnen.«

Die Mädchen bissen sich fest auf die Lippen und schwiegen. Die Hexe ging zurück in die Mitte des Kreises und holte ihre Kröte aus der Tasche.

»Was sagst du dazu, Brunhilde?«, hörte Rosanna sie raunen. »Ist das nicht ein abscheuliches Wetter? Machen wir Schluss damit, ja?«

Immer schneller jagte der Wind die Wolken über den Himmel, der Regen peitschte Elfriede ins Gesicht und ihre nassen Haare tanzten im Wind. Auch die Linde bot jetzt keinen Schutz mehr. Klitschnass und fröstelnd drängten sich Lilli und Rosanna aneinander.

»Scheint, als wär der Wind wütend auf sie, was?«, flüsterte Lilli.

Rosanna nickte nur. Sie ließ kein Auge von der Hexe.

Elfriede saß neben dem brennenden Besen auf dem Boden und redete leise mit der Kröte. Die Schlange kroch an ihrem Arm hinunter und ringelte sich um ihr Handgelenk.

Plötzlich stand die Hexe mit einem Ruck auf, hüpfte durch den Kreis und setzte Brunhilde auf den nördlichen Stein. Von dort kam der Wind.

Mit einem Satz sprang Elfriede auf die Kreislinie und tanzte von einem Stein zum anderen. Dabei sang sie ein Lied über die Himmelsrichtungen. Viel Sinn machte es nicht, aber wenigstens reimte es sich.

>>Norden, Süden, Osten, Westen,
was schmeckt Kröten wohl am besten?
Westen, Osten, Süden, Norden,
fort, ihr feuchten Wolkenhorden!
Westen, Norden, Süden, Osten,
na, ihr Schätzchen, wollt ihr kosten?
Hexenspucke, Krötengift?
Ha, ich seh, das schmeckt euch nicht!
Flaprappadapps, jetzt ist's vorbei,
macht den Himmel wieder frei!<<

>>Also, das hört sich ziemlich albern an, findest du nicht?<<, flüsterte Lilli Rosanna zu.
Aber die zuckte nur die Schultern. >>Hauptsache, es wirkt.<<
Immer schneller tanzte die Hexe, immer ausgelassener wirbelte sie im Kreis herum. Vor jedem Stein griff sie in ihre Taschen und streute etwas in den Wind. Aber wenn sie den Stein des Nordens er-

reichte, machte sie nur einen hohen Satz über Brunhildes Kopf hinweg. Die Kröte nahm es gelassen. Ab und zu ließ sie ein lautes Quaken hören. Rosanna zählte mit. Nach genau dreizehn Runden hüpfte Elfriede zurück in die Kreismitte. Dort schnappte sie ihren Besen, erstickte mit der Hand das Feuer am Stiel und fegte den magischen Kreis aus. Dann sammelte sie schweigend ihre Sachen ein und verstaute sie wieder in ihren unzähligen Taschen. Bis auf Brunhilde, die behielt sie in der Hand. Sie ging unter die Linde und setzte sich erschöpft auf die kräftigen Wurzeln.

»Das war's?«, fragte Lilli erstaunt.

Die Hexe nickte lächelnd. »Das war's. Was hast du erwartet? Dass ich einem Huhn den Kopf abreiße oder blutige Zeichen in den Sand male? Pfui, Eisenhut und Bilsenkraut! Die schwarze Magie überlasse ich den schwarzen Zauberern und ihren verfaulten Gehirnen. Fieser Hokuspokus.« Zärtlich kraulte sie Brunhilde den fetten Bauch. »Die Magie der Hexen ist weiß. Merkt euch das.«

»Wie merkt man denn, was schwarze Magie ist und was weiße?«, fragte Rosanna.

»Oje, was stellt ihr der armen Elfriede wieder für verzwackte Fragen!« Seufzend strich sich die Hexe

das nasse Haar aus der Stirn. »Wie erkennt ihr die schwarze Magie? An ihren unappetitlichen Methoden. Blut, Schmerz, geopferte Tiere, so was lieben die schwarzen Zauberer. Und ihr Ziel ist immer dasselbe. Macht über Mensch und Tiere, Macht über alles, was ihre vergifteten Herzen begehren. Dafür benutzen sie das Böse in der Welt. Was leider nicht schwierig ist.« Elfriede gab ihrer Kröte einen schmatzenden Kuss.

»Und die weiße Magie?«, fragte Lilli.

»Die weiße Magie krümmt keinem Huhn eine Feder«, sagte Elfriede, »und ihr Ziel ist das Heilen und Helfen oder, um es kurz zu sagen, das Glück. Die weiße Magie ist schwer zu erlernen, weil sie die Kraft des Guten nutzt, und die kommt leise daher. Aber …«, Elfriede kicherte, »sie ist die gesündere, denn eins gilt für alle Zauberei, ob schwarz oder weiß: ›Was du gibst, erhältst du dreimal zurück.‹ Das Gute und das Böse, alles kommt zu dir zurück. Merkt euch das. So, und jetzt hab ich wirklich genug geredet.«

Nachdenklich sah sie zum Himmel empor. Die Mädchen taten es ihr nach.

»Die Wolken«, sagte Rosanna. »Die sind nicht weg.«

Elfriede kicherte. Vorsichtig verstaute sie Brunhilde wieder in ihrem Kleid. »Natürlich sind sie nicht weg«, sagte sie spöttisch. »Etwas Geduld musst du schon haben. Geduld ist alles.« Gähnend nahm sie ihren Besen. »Morgen sind sie weg«, sagte sie. »Genau wie ich.«

Erschrocken sahen die Mädchen sie an.

»Wieso?«, fragte Lilli entgeistert. »Wieso bist du weg?«

»Wieso nicht?«, fragte die Hexe zurück.

Die Mädchen schwiegen.

»Na, nun sitzt mal nicht da wie beleidigte Kröten«, sagte Elfriede. »Ich hab noch was für Notfälle für euch. Da«, sie riss sich zwei Haare aus, wickelte jedes sorgfältig in ein Stückchen Stoff von ihrem Kleid und gab jedem Mädchen ein kleines Päckchen. »Das müsst ihr fest reiben, siebenmal draufpusten und ein bisschen tanzen. Ach ja, und – da war doch noch was. Moment.« Sie holte ihren Zettel mit den dreizehn wichtigsten Zaubersprüchen hervor. »Hm, ist in der Dunkelheit nicht zu entziffern.« Ärgerlich schnippte sie mit den Fingern und plötzlich tanzte ein kleines Irrlicht auf ihrem Fingernagel. »Da ist es. ›Einladung einer Hexe‹. Ja, drei Blätter Zaubernuss. Die müsst ihr beim Tanzen fest in der Hand halten. Ganz fest.«

Sie steckte den Zettel wieder ein und pustete das Irrlicht von ihrem Fingernagel. Leuchtend trudelte es davon.

»Wenn ihr das alles tut, kann es sein, dass ich mich wieder bei euch sehen lasse. Es sei denn, ihr stört mich gerade beim Essen oder Schlafen oder sonst was Wichtigem. Aber bitte nur benutzen, wenn ihr mich wirklich braucht. Und es wirkt nur bei abnehmendem Mond, verstanden?«

Die Mädchen nickten und verstauten die wertvollen Päckchen tief in ihren Taschen.

»Gut, dann steigt mal wieder auf mein Holzpferd«, sagte Elfriede. »Zeit fürs Bett. Sogar für zwei Nachwuchshexen wie euch. Ihr gähnt ja, als wolltet ihr den Mond verschlucken.«

Auch der Rückflug war für Rosanna nicht gerade ein Genuss. Der Wind wurde immer stärker und der Besen ritt auf ihm wie ein Boot auf den Wellen. Rosanna war zwar noch nie seekrank gewesen, aber so ähnlich musste man sich dabei fühlen. Lilli und Elfriede hatten wieder ihren Spaß. Bei jedem Hopser, den der Besen machte, setzte Rosannas Herzschlag aus – die anderen beiden aber quietschten vor Vergnügen.

»Na dann, bis irgendwann und nirgendwann!«, sagte die Hexe, als Rosanna mit zitternden Beinen zurück in ihr Zimmer kletterte.

»Bis irgendwann und nirgendwann«, antwortete Rosanna – und vermisste sie schon.

»Aber wie guckst du denn?«, rief Elfriede und

zwickte sie zärtlich in die Nase. »Das ist doch kein
Abschied für die Ewigkeit. Wer weiß, in wie vielen
Leben wir uns noch über den Weg laufen werden!
Von diesem mal ganz zu schweigen.«

Rosanna musste lächeln.

»So ist es richtig«, sagte Elfriede. »Und jetzt werde
ich diese kleine Flughexe zum Abschied noch mal
ordentlich durchschütteln!« Sie stupste Lilli an.
»Wir zwei fliegen noch ein paar Extrarunden,
was?«

Rosanna blieb am offenen Fenster stehen und sah
ihnen nach. Lillis Juchzen hörte sie noch, als der
Besen mit den beiden kaum noch zu sehen war.

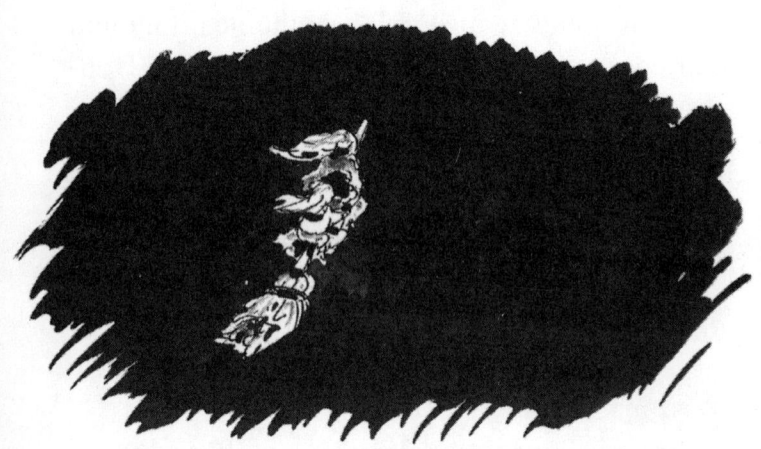

Wie eine Fahne flatterten ihre nassen Karotten-
haare im Wind.
Macht nichts, dachte Rosanna. Dafür bin ich eine
erstklassige Krötenbeschimpferin. Und trotzdem
war sie neidisch, als sie zum Himmel hochsah.

Johanniskrauttee

In dieser Nacht konnte Rosanna lange nicht einschlafen. Also setzte sie sich ans offene Fenster, sah hinaus in die Dunkelheit und wartete. Sie fühlte den Regen, der ihr ins Gesicht spritzte, hörte den Wind unten im Hof an den Stühlen rütteln. Wie ein riesenhaftes Wesen kam er ihr vor, das ausgelassen in der Dunkelheit spielte. Und sie belauschte ihn bei seinem nächtlichen Spiel. Heimlich, während alle andern schliefen. Nicht lange und sie sah den ersten Stern zwischen den Wolken. Klein und verloren. Dann war da ein zweiter, ein dritter. Und dann sah sie den Mond.

Der Regen hörte auf, verschwand wie ein feuchter Spuk. Aber der Wind spielte weiter, bis der Himmel voller Sterne war. Erst als sie verblassten, verabschiedete auch er sich, flog einfach davon. Und Rosanna ging schlafen.

Als sie aufwachte, schien die Sonne in ihr Zimmer. Unten im Hof stellten ihre Eltern Stühle auseinander, wischten die Tische ab und spannten die Sonnenschirme auf. Verschlafen steckte Rosanna den Kopf aus dem Fenster.

»Sieh dir das Wetter an!«, rief ihre Mutter. »Richtiges Sonntagswetter.«

Rosanna lächelte. »Ich geh kurz mal zu Lilli, ja?«, rief sie hinunter. »Ist Ramses unten?«

Ihr Vater schüttelte den Kopf. »Und er soll sich auch nicht hier blicken lassen. Ich hab schon wieder seine Haare im Erdbeereis gefunden.«

Rosanna suchte den Kater unter dem Bett. Aber da war er auch nicht. Schleicht wohl wieder irgendeiner Katze hinterher, dachte sie ärgerlich. Hastig zog sie sich an und machte sich auf den Weg. Aber sie ging nicht zu Lilli, sondern zu dem verlassenen Haus.

Lilli hatte wohl dieselbe Idee gehabt. Am Gartentor lehnte ihr Fahrrad. Sie saß hinten im Garten, mitten im Waldmeister und sah kreuzunglücklich aus.

»Weg«, sagte sie, als Rosanna auf sie zukam. »Sie ist wirklich einfach weg!«

Das eine Fenster stand immer noch offen. Rosanna kletterte ins Haus und ging durch die leeren Räume. Es roch nach Kräutern und Wiesenblumen. Nach Elfriede eben. Aber nichts erinnerte an sie. Nur das offene Fenster. Seufzend kletterte Rosanna wieder ins Freie.

»Da«, Lilli hielt ein kleines Tütchen hoch, »das hat sie uns dagelassen.«

Rosanna sah hinein. Ein paar getrocknete Zweige waren drin, mit kleinen länglichen Blättchen. Und auf die Tüte hatte Elfriede gekritzelt: ›Johanniskraut. Gut gegen kleine Traurigkeiten. Heißes Wasser drüber, fünf Minuten ziehen lassen. Macht's gut, kleine Hexen!‹

»Ob das hilft«, murmelte Rosanna.

»Bei mir bestimmt nicht!«, sagte Lilli düster. »Nicht mal die Sonne hilft. Und die wirkt bei mir sonst immer.«

Nachdenklich zog sie das kleine Päckchen mit dem Hexenhaar hervor. »Was ist denn im Moment für ein Mond?«

»Abnehmender. Aber sie hat gesagt, wir sollen sie nur rufen, wenn wir sie brauchen.«

»Na und? Brauchen wir sie vielleicht nicht?«, rief Lilli empört. »Ich langweile mich zu Tode ohne sie. Außerdem – wer soll uns denn das Fliegen beibringen? Und all die anderen Sachen? Ich will immer noch Hexe werden. Du etwa nicht?«

»Natürlich.« Rosanna hielt ihr Gesicht in die
Sonne. »Aber erinnere mich bloß nicht ans Fliegen.« Seufzend ließ sie sich ins Gras fallen. »Das
letzte Mal war mir so schlecht, als du mich in diese
Achterbahn geschleppt hast.«

»Ach das!« Kichernd ließ Lilli sich neben sie fallen. »Als du dem Mann auf den Hut gekotzt
hast.«

Rosanna stöhnte auf. »Peinlich, peinlich!« Und dann wälzten sie sich lachend im Gras, bis ihnen die Tränen über die Backen liefen.

»Komm«, sagte Rosanna plötzlich. »Ich geb dir ein Eis aus.«

»Wunderbare Idee«, sagte Lilli. »Und du?«

»Ich?« Rosanna wedelte ihr mit Elfriedes Tütchen vor der Nase herum. »Ich koch mir einen Tee. Mal sehen, ob der genauso gut wirkt wie ihr Wetterzauber.«

Als sie zum Eiscafé kamen, waren drinnen immer noch alle Tische leer. Aber draußen im Hof drängten sich die Leute. Sogar der Mann mit dem Pudel war wieder da.

Lächelnd hasteten Rosannas Eltern mit vollen Tabletts von einem Tisch zum nächsten.

»Komm«, sagte Rosanna. »Hier ist es mir zu voll. Wir gehen rein.«

Sie setzten sich an ihren Lieblingstisch, lauschten dem Stimmengewirr draußen – und grinsten sich an.

»Was sagt ihr dazu?«, fragte Rosannas Mutter, als sie Lilli ein Rieseneis brachte. »Ist das nicht wunderbar?«

»Wunderbar!«, sagte Lilli und machte sich über ihr Eis her. »Wie verhext!«

Rosanna trat ihr unterm Tisch auf den Fuß. Lilli trat zurück. Und sagte: »Übrigens, eins würde ich ändern.«

»Was denn?« Sofort sah Rosannas Mutter wieder besorgt aus. »Schmeckt unser Eis dir plötzlich nicht mehr?«

»Nein, nein, das ist köstlich.« Lilli schob sich gleich noch mal den Löffel zwischen die Lippen. »Nein, ich mein die Blumen.«

»Die Blumen?« Verständnislos sah Rosannas Mutter sie an.

»Ja, die Blumen. Nelken sind überhaupt nicht gut. Rosen wären viel schöner. Oder Vergissmeinnicht. Vergissmeinnicht wären am besten.«

»Vergissmeinnicht?« Rosannas Mutter zuckte die Schultern. »Was sind das für welche? Diese kleinen blauen? Die Blumennamen kann ich mir auf Deutsch einfach nicht merken.«

»Wir werden die Blumen besorgen«, sagte Lilli großzügig und stieß Rosanna an. »Nicht wahr, Rosanna?«

»Mmh.« Rosanna nickte und winkte ihrem Vater zu.

Der dicke Mann mit dem Pudel kam herein, um zu bezahlen. Als er die beiden Mädchen entdeckte, machte er ein bitterböses Gesicht und nahm seinen eisverschmierten Hund schnell auf den Arm.

»Rosanna, was soll ich dir bringen?«, fragte ihre Mutter. »Dein Vater hat ein wunderbares Waldmeistereis gemacht. Willst du es nicht mal probieren?«

Bei jeder neuen Eissorte versuchte sie es wieder, aber Rosanna schüttelte nur den Kopf.

»Nein danke, Mama«, sagte sie. »Ich mach mir lieber einen Tee.«

»Was?« Ratlos sah Rosannas Mutter die beiden Mädchen an. »Blumen, Tee. Ihr seid ein bisschen verrückt heute Morgen, nicht wahr?«

»Ach, das sind wir eigentlich immer!«, sagte Lilli und kicherte. »Ich würde das Waldmeistereis sehr gern mal probieren.«

Rosanna wollte gerade mit Elfriedes Tütchen in der Küche verschwinden, als ihr Vater sie rief.

»Rosanna«, sagte er. »Kannst du uns heute Nachmittag ein bisschen helfen? Abwaschen, die Tische abwischen. Na, du weißt schon.«

»Klar!«, sagte Rosanna. »Mach ich gern.«

Aber als sie in der Küche stand und darauf wartete,

dass das Wasser für ihren Tee endlich kochte, gingen ihr zwei Fragen durch den Kopf. War Elfriedes Wetterzauber den ganzen Sommer wirksam? Und wenn ja, was bedeutete das für sie? Vor allem bei der letzten Frage wurde ihr etwas unbehaglich zumute.

Nachdenklich goss sie ihren Tee auf. Sie lauschte dem Stimmengewirr draußen, hörte, wie ihre Mutter immer neue Bestellungen aufgab.

Rosanna, dachte sie, was hast du dir da eingebrockt?

Keine Zeit!

»Und morgen?«, fragte Lilli sauer. Wieder mal saßen Rosanna und sie unter einem Sonnenschirm und versuchten sich auf die Schularbeiten zu konzentrieren. Aber diesmal war der Schirm nicht nass und er stand in Lillis Garten. Im Eiscafé war es zu voll und zu laut.

»Morgen?« Rosanna schüttelte den Kopf. »Morgen geht's auch nicht. Da hab ich meiner Mutter versprochen, beim Einkaufen zu helfen.«

»Verdammt noch mal!« Lilli haute auf den Tisch. So laut, dass Zorro, der schlafend darunter lag, erschrocken die Ohren spitzte. »Wann hast du denn Zeit? Einkaufen, putzen, spülen, Eis rühren. Eine ganze Woche geht das jetzt schon so.«

»Na und?«, fauchte Rosanna zurück. »Was soll ich denn machen? Meine Eltern können sich nicht leisten jemanden einzustellen. Was ist, wenn das Wetter wieder schlechter wird?«

»Das Wetter!« Lilli sprang auf. »Guck dir doch diese fette Sonne an. Sieht die so aus, als ob sie sich wieder verjagen lässt? Keine Wolke am Himmel. Keine klitzekleine Wolke.«

»Wir hatten zweimal hitzefrei«, stellte Rosanna fest.

»Toll. Und du bist gleich ins Café gerannt, um zu helfen.« Wütend drehte Lilli an ihrem Haar herum. Das Karottenrot war verblasst. »Nicht mal die Blumen konnten wir besorgen. Nicht mal einen Hexentanz haben wir gemacht. Nichts! Tagsüber hast du keine Zeit. Und abends bist du zu müde. Weißt du, was ich mach, wenn das so weitergeht? Ich mach auch einen Wetterzauber. Jawohl. Genau wie Elfriede.«

»Ach ja?«, rief Rosanna wütend zurück. »Willst du, dass es wieder den ganzen Tag regnet? Willst du das?«

»Ich will Hexe werden!«, brüllte Lilli. »Ich will fliegen und mit einer Kröte spielen. Und nicht den ganzen Tag dasitzen und mich von meinen Schwestern ärgern lassen, den Hund ausführen oder zu irgendwelchen blöden Klavierstunden gehn. Oder fernsehen. Oder mich über Puppenkleider unterhalten.«

»Dann tu es doch!«, brüllte Rosanna zurück. »Setz dich auf einen Besen, zieh dir die Sachen von deinen Schwestern an und tanz im Mondlicht. Davon kommt sie aber auch nicht zurück!«

Totenstille. Zorro legte den Kopf auf die Pfoten und jaulte. Lilli ließ sich auf ihren Stuhl plumpsen.

»Stimmt«, sagte sie leise. »Davon kommt sie nicht zurück. Weißt du was? Ich hab versucht, mir die Himmelsrichtungen zu merken. Fehlanzeige. Ich krieg sie immer wieder durcheinander. Ich bin beim Tümpel hinterm Friedhof gewesen. Aber die Kröten wollten nichts mit mir zu tun haben. Zorro hat sogar versucht eine zu fressen.«

»Ramses ist verschwunden«, sagte Rosanna. »Seit Elfriede weg ist, hab ich ihn nicht gesehen.«

Erstaunt sah Lilli sie an. »Davon hast du ja noch gar nichts gesagt.«

Bedrückt schüttelte Rosanna den Kopf. »Erst hab ich gedacht, er stromert nur ein bisschen rum. Hat er ja schon öfter getan. Aber so lange war er noch nie weg. Ich glaub, er ist mit ihr weggeflogen.«

»Mit Elfriede?«

Rosanna nickte.

»Es ist schon fast Vollmond«, sagte Lilli. »Zwei Nächte noch, dann nimmt der Mond ab. Sagt mein Vater.«

»Seit wann weiß der denn so was?«, fragte Rosanna misstrauisch.

»Er hat im Kalender nachgesehen.«

»Aha.«

Wieder schwiegen sie sich an, jede mit ihren eigenen dunklen Gedanken beschäftigt. Unter dem Tisch wälzte Zorro sich schmatzend auf den Rücken.

»In Ordnung«, sagte Rosanna plötzlich. »In drei Nächten holen wir sie zurück. Was für einen Grund willst du ihr sagen?«

»Dass wir sie vermissen«, sagte Lilli.

»Ich weiß nicht, was sie von dem Grund hält«, sagte Rosanna. »Vielleicht sollten wir sie lieber fragen, wo Ramses ist.«

»Ja, das ist gut«, Lilli nickte. »Und was sagen wir wegen des Wetters?«

»Was sollen wir dazu sagen?« Ratlos zuckte Rosanna die Schultern. »Wir haben doch genau das gekriegt, was wir haben wollten. Und irgendwann wird es bestimmt wieder regnen.«

»Und dann?«, fragte Lilli. »Hast du darüber schon mal nachgedacht?«

Rosanna schüttelte den Kopf. »Lass uns Schularbeiten machen. Mir dreht sich der Kopf.«

Wenig begeistert wandten sie sich ihren Mathebüchern zu.

»Davon wird das mit dem Kopf bestimmt nicht besser!«, stellte Lilli fest.

Aber Rosanna war mit ihren Gedanken sowieso schon wieder ganz woanders. Nachdenklich kaute sie auf ihrem Füller herum und guckte überallhin, nur nicht ins Mathebuch. »Diese Zaubernussblätter brauchen wir noch. Hast du eine Ahnung, wie die aussehen?«

Lilli schüttelte den Kopf.

»Was meinst du?«, fragte Rosanna. »Ob die im Blumengeschäft wissen, wie so eine Zaubernuss aussieht?«

»Kann schon sein«, sagte Lilli. »Da können wir auch gleich Vergissmeinnicht fürs Café besorgen. Die in unserm Garten hat meine Schwester gepflückt und ihrem neuesten Verehrer geschenkt.«

»In einer Stunde muss ich aber zu Hause sein«, sagte Rosanna.

»Schaffen wir«, antwortete Lilli.

Das Mathebuch klappten sie zu und ließen es da, wo es war.

Die gelangweilte Verkäuferin im Blumengeschäft hob nur verächtlich die Augenbrauen, als sie nach der Zaubernuss fragten. »Verwelkt«, sagte sie mit spitzem Mund. »Längst verwelkt. Und die Blüte ist sowieso völlig uninteressant.«

»Wie sieht sie denn aus, diese Blüte?«, fragte Lilli und schnupperte an den riesigen roten Rosen, die neben dem Ladentisch standen.

Missbilligend sah die Verkäuferin auf sie herab. »Nimm bitte die Nase aus den Rosen«, sagte sie.

»Die riechen sowieso nicht!«, stellte Lilli fest. »Nicht das klitzekleinste bisschen.«

»Bitte, wie sieht sie aus?«, fragte Rosanna. »Die Zaubernuss.«

»Klein«, sagte die Verkäuferin, drehte ihr den Rücken zu und stellte ein paar Tulpen in eine Vase. »Klein, gelb, struppig.«

»Und die Blätter?«, fragte Lilli.

»Wie groß ist sie?«, fragte Rosanna.

Seufzend drehte die Verkäuferin sich wieder um. »Die Zaubernuss ist ein Strauch. Blüht im Winter. Ausschließlich im Winter.«

»So was haben wir im Garten!«, rief Lilli. »Ein Riesenstrauch. Blüht im Januar. Aber mein Vater nennt ihn anders. Hammamella oder so.«

»Hamamelis. Der botanische Name.« Die Verkäuferin schnippte ein paar Blütenblätter vom Ladentisch. »Würdet ihr mich jetzt meine Arbeit machen
lassen?«

»Wir brauchen aber noch Vergissmeinnicht«, sagte
Rosanna mit zuckersüßer Stimme. »Ist das Ihre
Arbeit?«

Vor der Ladentür wurde Zorro langsam ungeduldig. Jaulend kratzte er mit seiner Pfote an der Scheibe.

»Um Himmels willen, ist das Untier eures?«, fragte die Verkäuferin. »Der wird noch die Tür zerkratzen. Also, wie viel Vergissmeinnicht möchtet ihr?«
Fragend sah Lilli Rosanna an. »Sollen wir draußen auch welche hinstellen?«

Rosanna schüttelte den Kopf. »Erst mal fünf Sträuße«, sagte sie. »Fünf reichen zur Probe. Auf den anderen Tischen lassen wir die Nelken.«

Mit Leidensmiene machte die Verkäuferin sich ans Werk.

»Hoffentlich verwelken die nicht so schnell«, flüsterte Rosanna. Sie zählte ihr Taschengeld auf den Tresen. Lilli zuckte die Schultern. »Wenn sie so wirken wie der Wetterzauber …«, flüsterte sie zurück.

Als sie mit Vergissmeinnicht und beinahe ohne Taschengeld den Laden verließen, drehte Lilli sich noch mal um.

»Mögen Sie Nelken?«, fragte sie die Verkäuferin.
»Natürlich! Wieso?«
»Dachte ich mir«, sagte Lilli. Kichernd lief sie mit Rosanna nach draußen.

Elfriedes Rückkehr

Drei Tage sind eine furchtbar lange Zeit, wenn man auf etwas wartet.

Lilli führte pausenlos den Hund spazieren, pflückte Berge von Zaubernussblättern, versuchte ohne jeden Erfolg, einen Besenstiel zu entflammen oder kleine Irrlichter auf ihren Fingernagel zu zaubern – und aß so viel Eis, dass selbst ihr schlecht wurde.

Rosanna half ihren Eltern, gab den Vergissmeinnicht jeden Tag frisches Wasser und beobachtete, wer sich lieber an die Tische mit den Nelken setzte. Das Ergebnis war bemerkenswert. Zu den Nelken zog es eindeutig Gäste, die gern nörgelten, kein Trinkgeld gaben, rumkommandierten und ihre Mundwinkel griesgrämig nach unten zogen. Die aber, die beim Eisessen entzückt die Augen verdrehten und die Mundwinkel nach oben trugen, liebten Vergissmeinnicht. Daraufhin beschloss Rosanna, auch noch die letzten Nelken zu beseitigen, sobald sie wieder bei Kasse war.

Abends saßen beide, Lilli und Rosanna, an ihren

109

Fenstern und sahen zum Mond hinauf. Sie sahen zu, wie er rund und voll wurde und schließlich wie eine Silbermünze am schwarzen Himmel hing. Schon in der nächsten Nacht würde er wieder schwinden.

»Wir rufen Elfriede zu dem verlassenen Haus. Das ist am hexenmäßigsten«, sagte Lilli.
Um zehn Uhr abends holte sie Rosanna ab. Ihre Eltern schliefen schon, völlig erschöpft von 169 Eisbechern mit und 23 ohne Sahne. Lillis Eltern waren im Theater und ahnten nichts von dem Plan ihrer Tochter.
»Warum hast du denn Zorro mitgebracht?«, fragte Rosanna, als sie zusammen durch die Straßen liefen. Jede von ihnen hatte einen Besen dabei, allerdings mit Plastikstiel, das Hexenhaar samt Hexenstoff und jede Menge Zaubernussblätter.
»Ich habe Angst im Dunkeln«, sagte Lilli. »Aber mit Zorro nicht. Er erschrickt zwar bei jedem Schatten, aber er sieht eben auch zum Erschrecken aus, findest du nicht?«
Das konnte Rosanna nur bestätigen.
Dann waren sie am Ziel. Still, die zugenagelten Fenster wie geschlossene Augen, stand das leere

Haus da, wie am Straßenrand abgestellt und dort vergessen.

Lilli öffnete das Tor. Im Garten war es stockdunkel. Nur ein kleines Stück Wiese war silbrig erleuchtet vom Mondlicht.

»Hast du eine Taschenlampe?«, flüsterte Lilli.

»Nein, du?«

»Hab ich vergessen. Mondlicht passt sowieso besser.«

Rosanna hätte trotzdem gegen ein bisschen mehr Licht nichts einzuwenden gehabt.

»Komm«, sagte Lilli und zog sie zu dem Fleckchen Silberwiese. Zorro band sie an einen Baum. Dann gab sie Rosanna drei Zaubernussblätter.

»Hier, vergiss nicht, sie fest zu drücken.«

Rosanna nickte.

»Und dann«, Lilli zog Elfriedes Abschiedsgeschenk aus der Tasche. »Dann pusten wir ganz kräftig auf das hier drauf. Hat sie was von einem magischen Kreis gesagt?«

Rosanna schüttelte den Kopf. »Aber zuerst pusten ist falsch. Erst kam reiben. Dann pusten.«

»Bist du sicher?«

»Ganz sicher.« Vorsichtig zog Rosanna das Bündel mit Elfriedes Haar aus der Tasche und rieb es zwi-

111

schen den Fingern. Dabei drückte sie die Zaubernussblätter so fest, dass sie ganz matschig wurden.

»Ich glaub, jetzt haben wir genug gerieben«, sagte
Lilli.

»Jetzt pusten. Sechs Mal, hat sie gesagt.«

»Sieben Mal.«

»Also, nun hör aber auf!«, rief Lilli. »Ich bin doch
nicht blöd. Sechs Mal, hat sie gesagt.«

Plötzlich winselte Zorro leise und spitzte die Ohren. Rosanna drehte sich um. »Da war was«, sagte
sie. »Ich hab's auch gehört.«

»Ach was!« Lilli wurde ganz zappelig vor Unge-
duld. »Der hat bloß Angst vor der Dunkelheit.
Lass uns jetzt endlich weitermachen.« Und sie
pustete so heftig auf das Hexenhaar, dass es mit-
samt dem dünnen Stoff ins Gras flatterte.

»Oh, verdammt, wo ist es bloß?« Jammernd kroch
Lilli auf der Wiese herum. »Los, Rosanna, hilf mir
suchen.«

Aber Rosanna stand nur da und kicherte.

»Ist das wieder einer von deinen Kicheranfällen?«,
fragte Lilli genervt. Aber dann richtete sie sich
plötzlich auf und lauschte.

Da kicherte noch jemand.

»Psst!«, zischte Lilli und hielt Rosanna den Mund

zu. Im selben Moment riss sich Zorro los. Mit lautem Bellen und wedelndem Schwanz sprang er auf das unvernagelte Fenster zu. So einen Lärm machte er, dass vom Haus nebenan jemand »Ruhe!« brüllte. Mit einem Riesensatz hechtete der Hund durchs Fenster.

Rosanna und Lilli standen im Mondlicht, als wären sie aus Gips.

»He, Zorro, du alter Spielverderber!«, hörten sie jemanden rufen. »Ich hätte die zwei doch so gern noch tanzen gesehn! Hör auf, hör auf! Ich mag keine Hundeküsse.«

Ohne ein Wort schlichen Lilli und Rosanna auf das Fenster zu.

Da saß auf dem Fußboden: Elfriede – auf dem Schoß den riesigen Zorro, der ihr pausenlos das Gesicht leckte, und auf der Schulter, schlafend wie immer, Ramses. Neben ihr stand mit brennendem Stiel ihr Besen. Und in einer Zimmerecke war eine Tasche.

»Aber wir, wir waren doch noch gar nicht fertig!«, rief Lilli. »Wieso bist du schon hier?«

»Sie war schon hier«, sagte Rosanna. »Stimmt's?«

»Kluges Kind.« Kichernd schob Elfriede Zorro zur Seite und stand auf. Ramses sprang von ihrer Schulter und rieb schnurrend seinen Kopf an Zorros Flanke.

»Ich bin schon ein paar Stunden hier«, sagte die Hexe. »Als ihr zwei kamt, dachte ich mir: Elfriede, das wird ein Riesenspaß. Guck den beiden doch ein bisschen beim Hexen zu.«

»Oje«, sagte Lilli.

Und Rosanna murmelte: »Wir waren nicht so gut, was?«

Elfriede kitzelte ihre Schlange. »Och, ich hatte meinen Spaß. Aber ein bisschen Unterricht könnte euch wirklich nicht schaden. Heilige Dreizehn! Warum redet ihr so viel beim Hexen? Ein bisschen Stille muss schon sein.«

Mit betretenen Gesichtern sahen die Mädchen sie an. »Es ist schön, dass du wieder da bist«, sagte Rosanna plötzlich leise.

»Aber wieso bist du von selber zurückgekommen?«, fragte Lilli. »Ich versteh das nicht.«

»Kommt schon noch.« Elfriede holte einen Stein aus ihrem Beutel und legte ihn auf den Boden. Dann band sie einen kleinen Topf von ihrem Gürtel los und stellte ihn daneben. »Wollt ihr auch einen Tee?«

Verständnislos sahen die Mädchen sie an.

Die Hexe zwinkerte ihnen zu, spuckte auf ihren Mittelfinger und rieb damit langsam über die Oberfläche des Steins.

»Autsch!«, sagte sie plötzlich, zog den Finger zurück – und der Stein begann zu glühen.

Elfriede stellte ihren Topf darauf, warf ein paar Blüten und Blätter hinein und schnipste die Finger Richtung Decke. Tropf, tropf, rann das Wasser herunter, geradewegs in ihren Topf.

»Tja, jetzt dürft ihr schon mal ein bisschen mehr Hexenzauber sehen«, sagte sie zu den sprachlosen Kindern. »Ich bin zurückgekommen, um euch das Hexen zu lehren. War nicht meine Idee, aber gut ist sie trotzdem, oder?«

»Du bringst uns das Fliegen bei?«, hauchte Lilli.
Elfriede nickte. »Das auch. Und ein paar nette andere Dinge. Was haltet ihr zwei davon?«

»Wer hatte denn die Idee?«, fragte Rosanna. Ramses kam zu ihr und rieb sich an ihren Beinen.

Elfriede zuckte die Schultern und rührte mit einem Stöckchen in ihrem Tee herum. »Ein paar Kolleginnen. Habe ihnen von euch erzählt, und was sagen sie? Elfriede, das Hexenhandwerk braucht Nachwuchs. Wie wär's, wenn du zurückgehst und den beiden ein bisschen was beibringst? Hatte nichts dagegen.«

Kräftig pustete sie gegen den glühenden Stein. Dreimal, dann war er wieder grau und kalt.

»Das heißt, du bleibst länger hier!«, rief Lilli.

»Kann schon sein«, sagte Elfriede und schlürfte vorsichtig ihren heißen Tee.

Lilli aber hüpfte wie ein Frosch durch das leere Zimmer. »Ich werd Hexe, ich werd Hexe!«

»Na, mal sehen!«, murmelte Elfriede. »Leicht ist es nicht.«

»Ich komm jeden Tag hierher«, sagte Lilli. »Jeden Tag.«

Rosanna sagte gar nichts.

Neugierig sah die Hexe sie an. »Und du?«, fragte

sie. »Große Krötenbeschimpferin? Was ist mit dir?«

»Sie hat keine Zeit«, sagte Lilli.

Rosanna warf ihr einen bösen Blick zu.

»Was soll das denn heißen?« Elfriede stellte ihre Tasse weg und zog Brunhilde aus der Tasche. Schläfrig hockte die Kröte auf ihrem Schoß.

»Ich könnte abends kommen«, sagte Rosanna.

»Abends kann ich aber nicht gut!«, rief Lilli empört. »Wenn meine Mutter zu Hause ist, komm ich nicht weg.«

Nachdenklich sah Elfriede Rosanna an. »Warum kannst du nur abends?«, fragte sie, während sie der Kröte den Kopf kraulte.

»Weil sie helfen muss«, sagte Lilli. »Weil das Eiscafé knallevoll ist, seit die Sonne scheint. Darum.«

»Stimmt«, sagte Rosanna, ohne die Hexe anzusehen.

»Ach, so ist das!« Kichernd setzte Elfriede die Kröte zur Seite. »Ach so! Unser kleiner Wetterzauber!«

»Was ist daran so lustig?«, fragte Rosanna ärgerlich.

Die Hexe kicherte immer noch. »Jeder Zauber hat seinen Preis. Wusstet ihr das nicht? Wo Licht ist, ist

117

Schatten. Oder, wie ich auch gern sage – selbst der beste Zauber hat Stacheln.«

Mit einem Satz war sie auf den Beinen und ging zum Fenster. »Kein Wölkchen am Himmel«, stellte sie zufrieden fest. »Wird sich aber nicht halten. Wenn es euch ein Trost ist, Wetterzauber wirken dreizehn Tage. Genau dreizehn Tage. Und was dann? Sonne ist euch nicht recht, Regen ist nicht gut. Was dann?«

Sie setzte sich aufs Fensterbrett und baumelte mit den Beinen. »Irgendwelche Vorschläge?«

Rosanna schüttelte den Kopf und verbarg ihre Nase zwischen Ramses' Ohren.

»Keine Ahnung.«

»Na, dann wird die liebe Elfriede sich was einfallen lassen! Schließlich bin ich wegen zwei Schülerinnen hier. Nicht nur wegen einer.« Sie steckte den Kopf nach draußen. »Ziemlich spät schon. Ich glaube, ihr müsst ins Bett. Und ich«, gähnend rekelte sie sich auf dem Fensterbrett. »Ich auch.«

Widerwillig gingen die Mädchen auf das offene Fenster zu. Ramses und Zorro machten keine Anstalten, ihnen zu folgen.

»Wenn Rosanna morgen keine Zeit hat«, sagte Lilli. »Können wir dann nicht schon mal mit dem

Fliegen anfangen? Das will sie doch sowieso nicht lernen.«

Lachend hüpfte Elfriede vom Fensterbrett. »Nein, morgen muss ich mich um Rosannas kleines Problem kümmern! Hab da schon so eine Idee. Aber ich muss das erst mal überschlafen. Also macht, dass ihr rauskommt, sonst schnarch ich gleich im Stehen.«

»Komm, Zorro«, sagte Lilli. Aber der große Hund hatte seine Schnauze auf den Rücken von Ramses gelegt und rührte sich nicht.

»Zorro!«, rief Lilli und stampfte mit dem Fuß auf. »Komm!«

Elfriede schnalzte einmal mit der Zunge und Zorro stand widerwillig auf.

»Bring ich dir auch noch bei«, sagte die Hexe zu Lilli.

Die Mädchen kletterten aus dem Fenster und ihre Tiere folgten ihnen.

»Träumt was Aufregendes«, sagte Elfriede und guckte zum Mond hinauf. »Wir treffen uns morgen im Eiscafé. Um zehn Minuten vor Mitternacht.«

»Im Eiscafé?«, fragte Rosanna verdutzt.

»So spät?«, fragte Lilli.

Die Hexe nickte und zwinkerte ihnen zu.

»Und nicht, dass ihr hier vorher auftaucht. Ich habe einiges vorzubereiten.«

»Wieder ein Zauber mit Stacheln?«, fragte Rosanna besorgt.

»Sicher. Aber es wird ein weißer Zauber sein. Und die bringen bekanntlich Glück, wenn auch auf krummen Wegen.« Elfriede hielt ihren Arm aus dem Fenster und ihre Schlange kroch hinab ins dunkle Gras. Lautlos verschwand sie in der Dunkelheit. »Meine Tiere müssen sich ihr Abendbrot selber fangen«, sagte Elfriede. »Ich übernehm das nicht für sie. Schließlich bin ich Vegetarierin.«

»Und wenn sie jemanden beißt?«, fragte Lilli erschrocken.

»An wen hattest du denn da gedacht?«, fragte die Hexe, raffte ihr Kleid und stieg auch aus dem Fenster. »Klara bevorzugt Mäuse. Menschen sind zu groß und schwer verdaulich. Außerdem ist lautes Herumgetrampel Schlangen ein Graus. Nein, nein!« Gähnend schüttelte Elfriede den Kopf und sah sich um. »Der schlechte Ruf der Schlangen ist nichts als üble Nachrede. Mutterkorn und Eisenkraut, wo schlaf ich denn heute mal? Ja ich glaub, der Baum da ist genau richtig. Gute Nacht, ihr vier!«

Ohne sich noch einmal nach den Mädchen umzusehen, stiefelte sie zu einem großen Apfelbaum, kletterte geschickt den krummen Stamm hinauf und verschwand zwischen den Blättern.

Das Weckerklingeln verschlief Rosanna. Doch um Viertel vor zwölf sprang Ramses auf ihren Bauch und weckte sie. Gähnend zog sie sich an, schlich am Schlafzimmer ihrer Eltern vorbei und tappte mit Ramses zum Café hinunter. Dort brannte schon Licht. Lilli saß mit baumelnden Beinen auf dem Tresen und Zorro leckte unter den Tischen den Fußboden ab. Er war so beschäftigt, dass er Rosanna nicht mal begrüßte.

»Hier, dein Schlüssel.« Lilli warf ihn Rosanna zu. »Aber ich konnte trotzdem fast nicht reinkommen. Das Schloss klemmte.«

»Tut es immer. Ist eben alt, wie alles hier.« Rosanna musste schon wieder gähnen. Müde ließ sie sich auf den nächsten Stuhl fallen. Ramses rollte sich auf der kalten Heizung zusammen.

»Komisch sieht es hier nachts aus«, stellte Lilli fest. »Ganz anders. Findest du nicht?«

Rosanna zuckte die Achseln. Ob im Dunkeln oder Hellen, sie kannte hier jeden Stuhl besser als die

Möbel oben in der Wohnung. »Hast du eine Ahnung, was Elfriede vorhat? Den ganzen Nachmittag zerbrech ich mir schon den Kopf darüber.«

Lilli zuckte die Achseln, nahm sich eins von den Hörnchen und knabberte daran herum. »Ich lass mich überraschen.«

»Nimm dir ruhig Eis«, sagte Rosanna.

Aber Lilli schüttelte den Kopf. »Ich bin zu aufgeregt«, sagte sie und warf Zorro das angebissene Hörnchen zu. Haps, weg war es.

Im selben Moment ging die Tür auf und Elfriede kam herein, den Besen unterm Arm, ums Handgelenk ihre Schlange.

»Wunderbar! Alle schon versammelt«, sagte sie und lehnte ihren Besen gegen den Tresen. »Dann können wir ja gleich anfangen, was?«

»Klar«, sagte Lilli. »Aber womit?«

Mit spöttischem Lächeln tippte die Hexe ihr auf die Nase. »Erst mal musst du da verschwinden. Den Platz brauch ich.«

Lilli sprang vom Tresen.

»Was hast du vor?«, fragte Rosanna.

»Moment, Moment.« Elfriede zog einen kleinen Beutel aus ihrem Kleid und schnupperte daran. »Hexendreck. Das sind die falschen.« Ärgerlich wühlte sie in ihren Taschen herum, bis sie noch ein Beutelchen fand. Wieder steckte sie die Nase hinein, nickte zufrieden und hielt es den beiden Mädchen zum Schnuppern hin.

»Mädesüß«, sagte sie. »Eine bemerkenswerte Pflanze. Jede mittelmäßige Hexe wüsste jetzt, was ich vorhabe. Aber ...«, kichernd holte sie Brunhilde hervor, »ihr wisst es nicht, stimmt's?«

»Oh, bitte, Elfriede«, sagte Rosanna. »Mach es nicht so spannend.«

»Guck dir die beiden an, Brunhilde. Keine Geduld! Dabei ist das das Allerwichtigste für eine Hexe.« Kopfschüttelnd setzte Elfriede die Kröte auf den Tresen. »Ihr wollt, dass diese Stühle besetzt sind. Bei Regen und bei Sonnenschein. Richtig?«

Die Mädchen nickten. Langsam watschelte Brunhilde den Tresen entlang.

»Und unsere Freundin Rosanna will Hexe werden. Das braucht viel Zeit und Arbeit. Zeit hat sie aber nicht, wenn sie hier helfen muss. Auch richtig?«

Wieder nickten die Mädchen.

»Dieses verzwickt verzwackte Problem ...«, bedeutungsvoll senkte Elfriede die Stimme, »löst nur ein sehr vertrickt vertrackter Zauber. Ein großer

Zauber, für den ich absolute Stille brauche.« Warnend sah sie Lilli an. »Hast du verstanden, kleines Plappermaul?«

Beleidigt kniff Lilli den Mund zusammen.

»Gut!« Warnend legte Elfriede den Finger vor die Lippen. »Keine Fragen, keine Zwischenrufe, kein Gekicher. Klar?«

»Klar!«, hauchten die Mädchen.

Ohne ein weiteres Wort drehte die Hexe ihnen den Rücken zu. Dann griff sie mit zwei Fingern in den Beutel mit dem Mädesüß und streute einen Kreis von Blütenblättern auf den Tresen. Um den Kreis herum stellte sie vier kleine Kerzen auf, rieb an ihren Dochten, bis sie brannten, und flüsterte: »Wissen, wollen, wagen, handeln.«

»Komm, Brunhilde«, sagte sie laut. »Oder hast du es dir etwa anders überlegt?«

Die Kröte watschelte auf den Blütenkreis zu, hüpfte hinein und setzte sich genau in die Mitte.

»Bestens, meine Liebe, bestens«, sagte Elfriede und kraulte ihr den Rücken. Dann nahm sie ihren Besen, schwang sich auf den Stiel und flog im Zickzack bis unter die Decke. Mit flatterndem Rock und fliegendem Haar drehte sie drei schnelle Runden um die Lampen herum, klatschte in die

Hände und ließ das Licht erlöschen. Nur die Kerzen flackerten noch. In ihrem Schein saß Elfriedes Kröte, umgeben von Blüten. Die Hexe war nur noch ein Schatten unter der Decke.
Lilli tastete nach Rosannas Hand.
Aber da fing die Hexe an zu singen. Ganz leise.

> »Rums fidelbums, mit Hexenmacht
> dreimal dumm und laut gelacht,
> ohne viel Brimborium,
> flitzeschnell und krötenkrumm
> wird der Zauber jetzt vollbracht.
> Was für eine wilde Nacht!«

Dann sauste die Hexe im Sturzflug auf die brennenden Kerzen zu und pustete sie aus.
Stockdunkel und still war es plötzlich.
Rosanna hörte Lilli neben sich atmen.
»Elfriede?«, flüsterte sie. »Elfriede, sag doch was.«
In der Dunkelheit war ein Fingerschnippen zu hören. Die Deckenlampen flammten auf. Und die Mädchen kniffen die Augen zusammen.
»Na bitte!«, sagte Elfriede hinter ihnen. »Hat wieder mal geklappt.«

Krötenmädchen

»Das gibt's doch nicht«, flüsterte
Lilli.

Auf dem Tresen, zwischen erlosche-
nen Kerzen und verstreuten Blüten,
saß ein Mädchen, fast schon eine
junge Frau. Langsam hob sie eine
Hand und zupfte sich ein paar Blüten aus dem
braunen Haar. Ihre Augen waren hell, voller goldener Sprenkel, und ihr Mund war breit. Sie lächelte. Über ihrem bunten Kleid trug sie eine rote
Weste mit Goldstickerei.

»Besser, Elfriede, schon viel besser!«, sagte sie.
»Diesmal hat es nicht einmal gezwackt.«

Elfriede stellte ihren Besen in die Ecke und ver-
beugte sich. »Danke für das Kompliment, meine
Liebe.«

Sanft schob sie Lilli und Rosanna auf den Tresen
zu. Zorro schnupperte schon neugierig an den
Händen der Fremden, während Ramses noch ab-
wartend um Elfriedes Beine strich.

»Vorstellen muss ich euch ja wohl nicht, oder?«,
fragte die Hexe.

»Brunhilde«, flüsterte Rosanna.

»Hallo, Krötenbeschimpferin«, sagte Brunhilde.

Fassungslos starrte Lilli die Fremde an.

»Ich verstehe!«, raunte sie plötzlich mit Verschwörerstimme. »Du bist eine verzauberte Prinzessin oder so was, nicht wahr?«

Amüsiert verzog Brunhilde den breiten Mund. »Aber nein!«, sagte sie spöttisch. »Ich bin, was ich war.«

Ärgerlich runzelte Lilli die Stirn und drehte sich zu Elfriede um. »Was soll das denn, bitte schön, heißen? Ist sie nun ein verzauberter Mensch oder eine verzauberte Kröte?«

»Hexenspucke, Kräutersuppe, was für eine Frage!«, rief Elfriede. »Sie ist mal das eine, mal das andere.«

»Öfter das andere«, sagte Brunhilde. »Ich bevorzuge das Krötendasein. Mensch sein ist anstrengend. Allein das Laufen auf zwei Beinen.« Vorsichtig rutschte sie vom Tresen und stellte sich auf ihre nackten Füße. Dann machte sie ein paar Schritte.

»Wie sieht das aus?«, fragte sie besorgt. »Watschelig?«

»Überhaupt nicht«, sagte Rosanna.

»Nein, wirklich nicht«, sagte Lilli. »Dafür, dass du eine Kröte bist, ehm, warst . . .«

Nachdenklich betrachtete Brunhilde sich in dem großen Spiegel, der hinter dem Tresen hing. »Es ist ziemlich viel Zeit vergangen, seit ich ein Mensch war«, murmelte sie.

»Wie lange ist das denn her?«, fragte Lilli.

Brunhilde zuckte die Achseln. »Als Kröte zähle ich die Tage nicht.« Neugierig beugte sie sich vor und betrachtete ihren Mund. »Ich erinnere mich an zwei Winter.«

»Zwei Jahre und ein halbes waren es«, sagte Elfriede, zog ihren Dolch aus dem Gürtel und machte sich wieder mal die Fingernägel sauber.

Brunhilde guckte immer noch in den Spiegel. »Mein Mund ist breiter geworden«, stellte sie fest. »Breit wie ein Krötenmaul.«

»Ach was! Schlangendreck!« Elfriede steckte ihren Dolch wieder ein und zog Brunhilde vom Spiegel weg. »Guck dich jetzt bitte mal hier um, kleine Kröte.«

Langsam, fast wie im Traum, sah Brunhilde sich um. Mit ihren kleinen, kräftigen Händen strich sie über den Tresen, über die Tische und Stühle. Sie betastete die Wände und schnupperte in der Luft,

setzte sich auf den Fußboden und stellte sich auf die Tische.

Gebannt sahen Lilli und Rosanna ihr zu.

Schließlich setzte sich das Krötenmädchen wieder auf den Tresen und nickte. »Es ist alles schon da, ich muss es nur wecken. Ein guter Ort.«

»Na, wunderbar!« Erleichtert klatschte Elfriede in die Hände. »Dann fängst du gleich morgen an.«

»Womit fängt sie an?«, fragte Rosanna. Ihr war unbehaglich. »Und was will sie wecken?«

Lächelnd beugte sich Brunhilde zu ihr herunter. »Das Glück«, flüsterte sie. »Ich werde hier das Glück wecken. Das ist meine Hexenspezialität. So wie deine«, sie zwinkerte Rosanna zu, »so wie deine das Krötenbeschimpfen ist.«

Rosanna wurde rot wie ein Radieschen. Verwirrt sah sie in Brunhildes gesprenkelte Augen.

»Das Glück wecken«, murmelte Lilli. »Also ich weiß nicht. Wie soll denn das gehen, hm?« Sie rümpfte die Nase.

Spöttisch stupste das Krötenmädchen sie vor die Brust. »Geh erst einmal in die Lehre, Besenreiterin«, sagte sie leise. »Vielleicht erzähl ich dir dann irgendwann meine Geheimnisse.«

»Womit wir wieder beim Thema wären«, sagte Elfriede. »Morgen fangen wir mit dem Unterricht an und Brunhilde wird hier Rosannas Platz einnehmen. Einverstanden?«

Erstaunt sah Rosanna sie an.

»Ich erklär's dir«, fuhr Elfriede fort. »Morgen stellt sie sich bei deinen Eltern vor, mit der Bitte, bei ihnen in die Lehre gehen zu können. Ohne Bezahlung, versteht sich. Deine Eltern werden sich wundern, aber ich glaube, sie werden sie nicht wegschicken. Und dann«, sie kicherte, »dann werden sie, ohne es zu merken, bei Brunhilde in die Lehre gehen.«

»Sie wird was ins Eis mischen, nicht wahr?«, flüsterte Lilli. »Das die Leute verhext. Dass sie ins Café kommen müssen.«

»Aber nein!« Ärgerlich schüttelte Elfriede den Kopf. »Heilige Dreizehn! Wie kommt denn so ein Blödsinn in deinen kleinen Kopf? Zauberei für Faulpelze und Dummköpfe. Brunhilde hat so was nicht nötig.«

Zerknirscht sah Lilli das Krötenmädchen an.

»Ich sorge dafür, dass die Leute hier ihr Lachen wieder finden«, sagte Brunhilde. »Sie werden das Lachen mit nach Hause nehmen und zurückkommen, wenn sie es wieder verloren haben. Was schnell passiert, nicht wahr?«

Rosanna nickte. Nachdenklich sah sie die junge Hexe an. »Ich glaube, ich weiß, wie sie sich fühlen werden«, sagte sie und lächelte Brunhilde zu.

»In Ordnung!«, rief Elfriede. »Dann ist ja alles klar. Zeit, eine Schürze voll Schlaf zu kriegen.« Sie sprang von ihrem Stuhl auf und griff nach ihrem Besen. »Morgen Nachmittag um drei beginnt der

Unterricht. Wer zu spät kommt, hat selber Schuld. Lilli, sollen wir dich nach Haus bringen?«

»Mit dem Besen?«, fragte Lilli entzückt.

»Womit sonst?«, fragte Elfriede zurück. »Aber was machen wir mit deinem Hund? Wir können ihn uns schlecht über die Schulter hängen.«

»Er kann bis morgen hier bleiben«, sagte Rosanna. Zorro und Ramses lagen wieder unter dem Tisch. So ineinander gerollt, dass nicht zu erkennen war, wo der Hund aufhörte und der Kater anfing.

»Na, dann kommt!«, sagte Elfriede und winkte Lilli und Brunhilde hinter sich her. Hüpfend folgte Lilli den beiden Hexen nach draußen.

Rosanna stellte sich in die offene Tür und sah den dreien nach, die höher und höher stiegen, über die Dächer und Bäume hinwegschwebten und schließlich in der Nacht verschwanden. Dann schloss sie

die Tür ab, rückte die Stühle, auf denen sie gesessen hatten, wieder an den Tisch und nahm die her-
untergebrannten Kerzen vom Tresen. Vorsichtig
sammelte sie die verstreuten Blüten auf, machte
das Licht aus und tastete sich durch die Dunkelheit
die Treppe hinauf. Die Blüten hatte sie immer
noch in der Hand. Als sie ins Bett kroch, legte sie
sie unters Kopfkissen.

Sie brachten ihr wunderschöne Träume.

Hexenprobe

Als Rosanna aus der Schule nach Hause kam, zog ihre Mutter sie gleich aufgeregt in die Küche.

»Stell dir vor«, sagte sie. »Ein fremdes Mädchen ist gekommen heute. Ein bisschen seltsam, aber mit einem freundlichen Gesicht. Sie will bei uns lernen. Ohne Geld! Was sagst du dazu? Du brauchst nicht mehr so viel zu helfen jetzt. Va bene, oder?«

»Wunderbar«, sagte Rosanna. Mehr fiel ihr nicht ein.

»Dein Vater wollte erst nicht«, sagte ihre Mutter. »Aber ich sage, das ist das Glück. Und das schickt man nicht weg. Komm«, sie zog Rosanna mit ins Café, »ich stell sie dir vor. Sie hat einen komischen Namen, Brunhilda oder so.«

»Brunhilde«, sagte Rosanna.

Überrascht sah ihre Mutter sie an.

»Brunhilde, nehm ich an«, sagte Rosanna hastig.

»Da ist sie«, flüsterte ihre Mutter. »Siehst du, da. Sie bedient den dicken Meckermann. Sieh dir das an.«

Da stand das Krötenmädchen. Nicht länger barfuß, sondern mit spitzen Stiefeln an den Füßen. Lächelnd stellte sie dem dicken Mann mit dem Pudel einen Eisbecher hin. Statt eines Schirmchens steckte ein Besen drin. Ein winzig kleiner Besen.

Griesgrämig rückte der Mann seine Krawatte zurecht, sah Brunhilde an – und lächelte. Nur mit einem Mundwinkel, aber er lächelte. Das Krötenmädchen lächelte zurück, zog aus ihrer Schürzentasche eine kleine violette Blüte und steckte sie zu den Nelken, die auf dem Tisch standen.

Der dicke Mann lachte glucksend.

»Wie macht sie das?«, flüsterte Rosannas Mutter ungläubig. »Madonna, dieser dicke Mann hat noch nie gelacht.«

Sie weckt das Glück, dachte Rosanna. Sieht so einfach aus und ist doch große Hexerei.

Dann kam das Krötenmädchen zu ihnen.

»Das ist meine Tochter Rosanna«, sagte Rosannas Mutter.

Lächelnd nickte Brunhilde ihr zu.

»Wie geht's?«, fragte Rosanna verlegen.

»Oh, sehr gut«, antwortete das Krötenmädchen. »Ich bin mit meinen Fortschritten sehr zufrieden.«

Dann ging sie langsam zum Tresen zurück.

»Etwas langsam ist sie«, flüsterte Rosannas Mutter.
»Aber sonst! Siehst du, dein Vater hat es auch schon gemerkt.« Er lächelte das Krötenmädchen an und erzählte ihr einen seiner Lieblingswitze.

Weißer Zauber, krumme Wege, dachte Rosanna und gab ihrer Mutter einen Kuss auf die Backe.

»Wie wär's, wenn ihr mal einen Hexenbecher auf die Karte setzt?«, fragte sie. »Mit Papas Waldmeistereis für die Kräuter, Vanilleeis für den Mond und Schokoladeneis für die Nacht. Obendrauf heiße Himbeeren für die roten Haare. Und auf den Becherrand eine Schlange aus Sahne. Mit Mokkabohnenaugen.«

Rosannas Mutter lachte. »Wie kommst du denn auf so etwas? Hexen bringen Unglück.«

»Blödsinn, Mama!«, sagte Rosanna und hüpfte zur Treppe. »Sie bringen Glück. Jede Menge Glück!«

Ramses war schon wieder nicht aufzutreiben, aber Zorro war noch nicht abgeholt worden. Glücklich lag er auf Rosannas Bett und kaute auf ihren Pantoffeln herum.

»Die sind wohl froh, dass sie dich los sind, was?«, sagte sie, nahm ihn an die Leine und ließ sich zu ihrer ersten Hexenstunde schleifen.

Als sie vor dem verlassenen Haus standen, zogen Wolken am Himmel auf. Die ersten seit Elfriedes Wetterzauber. Macht nichts, dachte Rosanna und streckte ihnen die Zunge raus. Gegen Glückshexerei kommt ihr nicht an.

Lilli war noch nicht da, als Zorro Rosanna in den Garten zog. Und von der Hexe war auch nichts zu sehen.

»Elfriede?«, rief Rosanna durch das offene Fenster. Zorro sprang ins Haus, kam aber gleich wieder zurück. Er ließ den Schwanz hängen.

Aber plötzlich hörte Rosanna auf dem Dach ein Geräusch. »Huhuuuu!«, rief Elfriede. Breitbeinig saß sie auf dem Dachfirst und winkte Rosanna zu. »Eine wunderbare Aussicht ist das von hier oben!«, rief sie.

Rosanna wurde schon schwindelig vom Hochgucken.

»Warte, ich komme!«, rief die Hexe, rutschte auf dem Hintern das Dach herunter, hängte sich an die Regenrinne und ließ sich von dort ins hohe Gras plumpsen. Mit Gebell sprang Zorro auf sie zu und schleckte sie ab.

»Heilige Dreizehn, nimm deine Zunge aus meinem Gesicht!«, rief Elfriede und rappelte sich

hoch. »Oje!«, stöhnte sie. »Das ist nichts mehr für meine morschen Knochen. Komm, wir gehen rein.«

Das leere Zimmer hatte sich verändert. Überall auf dem Fußboden häuften sich Blumen und Kräuter, sorgfältig sortiert. Ihr Duft hing schwer in der warmen Luft. Auf ein paar großen Steinen stand ein zerbeulter Topf, in dem irgendetwas brodelte. Daneben lag Ramses, alle viere von sich gestreckt, er schlief.

»Alter Verräter!«, sagte Rosanna und setzte sich neben ihn. »Was hast du eigentlich auf dem Dach gemacht, Elfriede?«

»Geschlafen, was sonst?«, antwortete die Hexe und schubste Zorros schnüffelnde Nase von ihrem Topf weg. »In dem Baum hat mir eine Elster zweimal auf den Kopf gemacht. Da bin ich aufs Dach gezogen. Ich schlaf nicht gern in Häusern. Nur, wenn es sich gar nicht vermeiden lässt. Bei Hagel oder Schneesturm zum Beispiel. Aber gestern war eine wunderbare Nacht. Ganz wunderbar. Warm wie Sternenwolle.«

»Hallo?«, rief Lilli draußen. Einen Moment später steckte sie den Kopf durchs Fenster. »Elfriede, was für einen Zauber gibt es gegen schlechte Köche?«, fragte sie. »Mein Vater hat sich heute selbst übertroffen.«

»Da bist du bei mir an der falschen Adresse«, sagte die Hexe. »Ich bin selbst eine scheußliche Köchin. Das Einzige, was ich gut hinkriege, ist Kräutertee. Hab mich deswegen mal von einer berühmten Kollegin behexen lassen, aber die Wirkung war gleich null.«

»Schade«, sagte Lilli und kletterte durchs Fenster. »Wie wär's, wenn du die Tür mal entbrettern würdest?«

»Wieso?«, fragte Elfriede. »Ist doch nett, so durchs Fenster zu schlüpfen, oder? Hält außerdem meine

141

alten Knochen geschmeidig und zeigt meine An-
wesenheit nicht allzu deutlich an.«

»Wollt ihr gar nicht wissen, wie es im Café gelaufen
ist?«, fragte Rosanna.

»Aber natürlich!«, rief Lilli. »Los, erzähl.«

Elfriede lächelte nur.

»Warum lächelst du so?«, fragte Rosanna.

Die Hexe zuckte die Schultern. »Weil ich weiß, wie
es gelaufen ist. Ich kenn doch meine Kröte.«

Also erzählte Rosanna Lilli von den gut besetzten
Tischen und dem lachenden dicken Mann.

»Dann ist ja alles klar!«, rief Lilli entzückt. »Jeden
Tag nach den Schularbeiten können wir uns treffen. Ist nur noch eine Frage der Zeit, bis wir richtig gute Hexen sind!«

»Heilige Dreizehn, Lilli!« Kopfschüttelnd sah Elfriede sie an. »Wenn du es eilig hast, ist der Weg
doppelt so lang, das sage ich dir. Die Hexerei ist
ein schwieriges Handwerk.«

»Ja, ja!«, brummte Lilli. »Ich weiß. Ohne Fleiß
kein Preis und der ganze Quatsch. Es ist drei Uhr.
Wollen wir nicht endlich anfangen?«

»Und ob wir anfangen!« Elfriede rührte ein letztes
Mal das Gebräu in ihrem Topf um. »Das hier
kommt jetzt ohne mich aus.«

»Was ist das?«, fragte Rosanna.

»Medizin für meine Hühneraugen. Spezialrezept«, sagte Elfriede. Dann klatschte sie in die Hände. »Feuer aus und raus mit euch. Erste Hexenlektion: Augen öffnen. Hund und Katze, ihr bleibt hier!«

»Kein Fliegen?«, fragte Lilli enttäuscht.

»Kein Fliegen«, sagte Elfriede und schob sie zum Fenster hinaus. »Eure Füße können sich schon auf was gefasst machen. Meine leider auch.«

Bis zum Dunkelwerden zog Elfriede mit den Mädchen über Straßen und Feldwege, über die Wiesen und durch den Wald. Von Blume zu Blume führte die Hexe sie, von Strauch zu Strauch, ließ sie fühlen und riechen, schmecken und sehen. Lilli ging das schon bald zu langsam. Ungeduldig hüpfte sie voran.

»He, Lilli«, rief Elfriede ihr ärgerlich nach, »willst du eine Heuschrecke werden oder eine Hexe?«

»Ich finde, wir haben genug Blumen angeguckt!«, rief Lilli zurück. »Können wir jetzt nicht was zaubern? Irgendetwas Klitzekleines?«

Kopfschüttelnd drehte Elfriede sich um.

»Komm«, sagte sie zu Rosanna und zog sie tiefer in den Wald hinein. »Zeit für die Baumlektion.

Sonst lernt dieses Zappelkind nicht mal Hollerbeeren von Heidelbeeren unterscheiden.«

»Halt, wo wollt ihr hin?«, rief Lilli und kam ihnen hastig nachgestolpert.

Elfriede stand mit Rosanna zwischen zwei großen Eichen. »Geduld ist das Geheimnis der Hexerei«, sagte sie leise. »Fingerhut und Eisenkraut, mindestens zweihundertdreißigmal hab ich euch das erzählt. Ohne Geduld bringt ihr nicht mal einen Hustensaft zustande, geschweige denn irgendwelche Zauberei. Kapiert?« Lilli nickte zerknirscht. Rosanna lehnte sich an einen der rauen Stämme und sah zum Himmel hinauf.

»Von den Bäumen ...«, fuhr Elfriede fort, »könnt ihr viel über Geduld lernen. Los, sucht euch einen schönen Platz zum Wachsen.«

Still ließ die Hexe die Mädchen stehen, ganz still, mit geschlossenen Augen. Zuerst kroch ihnen die Zeit wie eine Schnecke über die reglosen Glieder. Dann war sie nur noch Wind und warme Waldluft, und die Füße der Mädchen trieben Wurzeln. Ihre Haut wurde holzig wie Rinde und ihre Arme streckten sich wie Zweige dem Himmel entgegen.

Elfriedes Stimme weckte die zwei aus ihrem Baum-
traum und machte wieder Kinder aus ihnen.

»Sehr schön«, sagte sie. »Die erste Probe habt ihr
bestanden. Deshalb werden wir unseren armen
Füßen jetzt mal ein bisschen Ruhe gönnen. Zieht
eure Wurzeln aus der Erde und kommt.«

Auf einer wilden Wiese legten sie sich ins Gras.
Hoch über ihnen trieb ein träger Wind die Wolken
vor sich her.

»Das Baumspiel war schön«, sagte Lilli, »aber erst
hatte ich ein bisschen Angst.«

»Ich auch«, sagte Rosanna.

»Natürlich hattet ihr Angst«, sagte Elfriede.
»Wenn ihr die Tür zu einem unbekannten Zimmer

öffnet, steht auf der Schwelle immer die Angst. Entweder ihr macht die Tür dann schnell wieder zu – oder ihr geht hindurch. Das habt ihr beiden getan. Erste Hexenprobe bestanden.« Sie verschränkte die Arme unter dem Kopf. »Wird nicht das letzte Mal sein, dass euch bei einer Hexenlektion die Angst begegnet. Wollt ihr trotzdem immer noch Hexen werden?«

»Ja«, sagte Lilli.

»Ja, immer noch«, flüsterte Rosanna.

Dann lagen sie schweigend neben der Hexe und sahen zum Himmel empor, bis sein Blau sie fast verschluckte.

In der Dämmerung kehrten die drei zu dem leeren Haus zurück. Müde ließen sie Zorros stürmische Begrüßung über sich ergehen.

»Glaubst du immer noch, dass du schon bald eine Hexe bist?«, fragte Elfriede Lilli mit spöttischem Lächeln. Lilli schüttelte den Kopf. »Diese ganzen Pflanzen!«, stöhnte sie. »Natternkopf, Weidenröschen, Hirtentäschel, das kann sich doch kein Mensch alles merken. Und dann soll ich auch noch wissen, ob so ein Täscheldingsbums gesund macht oder ich davon tot umfalle?«

»Ach, du wirst sehen …« Elfriede ließ sich ins Gras fallen, zog die Stiefel aus und rieb sich die schmerzenden Füße. »In ein paar Jährchen geht euch das flüssig über die Lippen.«

»Ein paar Jährchen?«, rief Lilli entgeistert.

»Ja, was hast du denn gedacht?«, fragte Elfriede.

»Dass das hier ein Blitzkurs für Hexerei wird?« Lilli zupfte an ihrem Ohrring herum. »Könnte ich nicht vielleicht einfach nur fliegen lernen?«

Lachend schüttelte die Hexe den Kopf. »Wie eine reife Pflaume würdest du vom Himmel fallen, mein Schatz!« Fragend sah sie Rosanna an. »Wie ist es mit dir, Krötenbeschimpferin?«

»Ich will alles lernen«, sagte Rosanna.

Elfriede nickte. »Spricht nichts dagegen. Und weil ihr so geduldig meinem oberschlauen Gerede gelauscht habt, gibt es jetzt nach so viel Hexenklugheit etwas Hexenspaß.« Sie sah zum Himmel hinauf. »Ja, dunkel genug ist es. Eine Warnung für die Zukunft: Fliegt nie bei Tage. Niemals! Die Menschen hassen, was sie nicht verstehen. Komm, Lilli, wir machen einen kleinen Rundflug.«

Lilli grinste bis zu den Ohren. Aufgeregt hüpfte sie von einem Fuß auf den anderen.

»Und du …« Die Hexe zupfte Rosanna an der

Nase. »Du wartest hier auf mich, ja? Mit dir habe ich nämlich noch etwas Besonderes vor. Wo dir das Fliegen doch keinen Spaß macht.«

»Och, wieder ein Geheimnis«, sagte Lilli.

»Stimmt genau.« Elfriede holte ihren Besen und Lilli setzte sich hinter sie. »Ich bin bald zurück!«, rief die Hexe Rosanna zu.

Lautlos erhob sich der Besen in den Himmel – und Zorro heulte den Mond an. Elfriede wendete und kam zurück.

»Verflucht und zugehext, ist dieser Hund verliebt in seine Stimme. Los!« Ärgerlich zeigte sie zum Gartentor. »Los, haariger Freund, geh nach Hause und bell da den Mond an. Und du, Kater, begleitest ihn.«

Mürrisch drehte Zorro sich um und trottete davon. Ramses schlich auf leisen Pfoten hinterher.

»So«, sagte Elfriede. »Zweiter Versuch.« Wieder erhob sich der Besen mit den beiden in die Nacht.

»Bis gleich!«, rief die Hexe.

Rosanna setzte sich ins Gras und wartete.

Wurzelzauber

Rosanna war noch nicht lange allein, da hörte sie, wie jemand das Gartentor öffnete. Sie bekam einen Schreck, aber es war nur Brunhilde, die durch den Garten auf sie zukam. Schweigend setzte sie sich neben Rosanna ins Gras.

»Lilli und Elfriede fliegen noch«, sagte Rosanna. Lächelnd sah Brunhilde zum Himmel hinauf. »Elfriede kann nie genug bekommen vom Fliegen. Meist scheucht erst die Sonne sie vom Himmel. Ich mochte es noch nie besonders.«

»Ich auch nicht«, sagte Rosanna.

Wieder saßen sie eine Weile stumm nebeneinander. Dann sagte Brunhilde: »Ich halte das Menschsein nie lange aus, aber heute hat es Spaß gemacht.«

»Du wirst dich doch nicht schon bald wieder verwandeln?«, fragte Rosanna besorgt.

»O doch!«, antwortete das Krötenmädchen. »Ich glaube, bis zum nächsten Neumond hab ich mein Teil getan.«

Bestürzt sah Rosanna sie an. »Aber was passiert,

wenn du wieder weg bist? Ich meine, wenn du wieder eine Kröte bist? Wird dann alles, wie es war?«

Das Krötenmädchen zuckte die Schultern. »Das liegt an euch. Ihr müsst nur das Glück wach halten. Es ist sehr schläfrig, aber ihr schafft das schon.«

Keine Ahnung, wie, dachte Rosanna, guckte hinauf zum Mond und sah etwas Schwarzes die Sterne verdecken. In den Bäumen über ihnen raschelte es und etwas plumpste ins Gras.

»Puh, was für eine miserable Landung!«, rief Elfriede. »Zaubernuss und Bilsenkraut! Nützliche Pflanzen, diese Brennnesseln, aber müssen sie eine arme Hexe so quälen?«

Mit dem Besen unter dem Arm kam sie aus der Dunkelheit gestapft. »Hallo, kleine Kröte.«

»Hallo«, sagte Brunhilde, rekelte sich und stand auf. »Menschsein macht müde. Kannst du mir einen Platz zum Schlafen empfehlen, Elfriede?«

»Auf dem Dach ist es wunderbar.«

Brunhilde schüttelte sich. »Nicht mein Geschmack. Ich werde es mal mit dem Haus versuchen. Schöne Träume und gute Nacht.«

»Gute Nacht!«, rief Elfriede. Dann zwinkerte sie Rosanna zu. »Hast du noch Lust auf ein Abenteuer, kleine Hexe?«

Rosanna nickte.

»Dann nimm das hier«, Elfriede zog ein schrumpeliges Stück Wurzel aus einer Tasche, brach es durch und gab die eine Hälfte Rosanna. »Eins für dich, eins für mich.« Die Hexe bückte sich. »Leg die Wurzel vor deine Füße.«

Rosanna tat es. Elfriede griff nach ihrer Hand.

»Augen zu«, sagte sie, »und rüberspringen.«

Hand in Hand, mit geschlossenen Augen, hüpften sie über die Wurzel.

»Schwappdideldupps!« Kichernd ließ Elfriede Rosannas Hand los. »Na, wie fühlst du dich?«

Rosanna fühlte sich seltsam leicht. Wie ein Luftballon, dachte sie, öffnete die Augen und sah an sich herunter. Sie sah Gras und Erde, fast schwarz in der Dunkelheit, aber nicht ihre Füße. Erschrocken hielt sie sich die Hände vor die Augen. Nichts. Sie fühlte ihre Finger, aber sie sah sie nicht. Langsam drehte sie sich um. Im Gras stand ihr Körper und daneben der von Elfriede, stocksteif, lächelnd und mit leeren Augen. Etwas unheimlich war der Anblick schon, aber Rosanna musste kichern. Dieser Zauber fühlte sich einfach zu gut an.

»Sehen wir nicht dumm aus?«, sagte Elfriedes Stimme neben ihr.

Suchend sah Rosanna sich um, aber da war wirklich nichts als eine Stimme in der Nacht – und ein spöttisches Kichern.

»Du brauchst gar nicht so zu gucken«, sagte Elfriede. »Von dir ist auch nicht mehr zu sehen. Komm, wir lassen die beiden Gestalten da stehen und gehen ein bisschen spazieren, ja?«

Rosanna nickte, aber dann fiel ihr ein, dass die Hexe das vielleicht nicht sehen konnte, und sie sagte: »Einverstanden.« Ohne sich noch einmal nach ihren Körpern umzudrehen, gingen sie davon, durch das verschlossene Gartentor, die dunkle Straße entlang. Sie hüpften über die parkenden Autos und tanzten lachend auf ihren Dächern. Rosanna fühlte sich so leicht, oh, so leicht.

Das war besser als Fliegen. Viel, viel besser.

»Ich nenne es Fliegen auf der Erde«, raunte Elfriedes Stimme ihr zu. »Wie findest du es?«

»Wunderbar!«, flüsterte Rosanna zurück.

Die Hexe kicherte. »Du musst nicht flüstern! Die anderen können deine Stimme nicht hören. Tu dir keinen Zwang an.«

Menschen kamen ihnen entgegen und gingen durch sie hindurch. Rosanna schnitt Fratzen, streckte die Zunge heraus und verteilte unsichtbare Küsse. Unbewegt blieben die Gesichter. Nur die Geküssten guckten verdutzt. Hunde schnupperten an Rosannas unsichtbaren Beinen. Katzen gingen ihr misstrauisch aus dem Weg.

»Eins, zwei, drei macht sechse, ich werde eine Hexe!«, sang Rosanna laut und falsch, ging durch Litfaßsäulen und tanzte mit Elfriede im Brunnen auf dem Marktplatz. Aber mit Luftbeinen spritzte das leider kein bisschen.

»Alles Hexerei, was ist schon dabei?«, sang Rosanna, als sie auf das Café ihrer Eltern zuhüpfte.

»Oh, du singst herrlich falsch, kleine Krötenbeschimpferin!«, rief Elfriede. »Ein echtes Naturtalent! Aber warum rennst du so? Die alte Elfriede ist auch mit Luftbeinen nicht die Schnellste!«

Im Café brannte noch Licht. Vor der Tür blieb Rosanna stehen und drückte ihre unsichtbare Nase gegen die Scheibe. An einem der Tische saßen ihre Eltern, tranken Kaffee zusammen und lachten. Ihre Mutter sah Rosanna an – und guckte durch sie hindurch. Ein komisches Gefühl war das. Für einen kurzen Augenblick bekam Rosanna Sehnsucht nach ihrem Körper.

»Komm«, sagte Elfriede leise hinter ihr. »Es wird Zeit zurückzugehen.«

Ihre Körper standen noch genauso da, wie sie sie verlassen hatten. Ein paar stille Augenblicke lang sah Rosanna Rosanna an, streckte eine unsichtbare Hand aus und berührte das dunkle Haar.

Fremder als eine Fremde, dachte sie.

»Angst?«, fragte Elfriede.

»Ein bisschen«, antwortete Rosanna.

»Dann machen wir die Tür zu diesem fremden Zimmer erst mal wieder zu«, sagte die Hexe. »Nimm dein Wurzelstück und wirf es über deine Schulter.«

Rosanna tastete im dunklen Gras nach der Wurzel und tat, was die Hexe gesagt hatte.

Schwer wurden ihre Glieder und die Erde zog an ihren Füßen. Rosanna strich sich über die Haut, kratzte sich den Kopf, schüttelte die Haare.

Aus zwei Hexen war auch wieder eine geworden. Lächelnd sah sie Rosanna an.

»Danke«, sagte Rosanna und lächelte zurück.

»Och, keine Ursache!« Elfriede legte ihr den Arm um die Schultern. »Bedank dich bei dir selbst. Diesen Zauber mach ich nicht mit jeder Nachwuchshexe. Ist ein bisschen unheimlich, oder?«

Rosanna nickte. »Unheimlich, aber schön.«

Elfriede lachte. »Ich wusste, dass es dir gefällt. Lei-

der darf man diesen Zauber nicht oft machen. Sonst passiert es dir irgendwann, dass du nicht in deinen Körper zurückfindest. Ist alles schon vorgekommen.« Die Hexe sah zum Himmel hinauf. »Oje, schon so spät! Ich bring dich jetzt schleunigst nach Hause. Aber du musst wohl oder übel auf den Besen steigen. Meine Beine schaffen nicht den klitzekleinsten Schritt mehr.«

Der Hexenbesen lag im Gras. Ächzend hob Elfriede ihn auf. »Krötengift und Hexenspucke! Was mussten meine armen Füße heute laufen! Und mein Rücken, aah, der fühlt sich an, als wären Hexen drauf zum Blocksberg geritten. Abscheulich!« Steifbeinig setzte sie sich auf den Besenstiel.

Rosanna kletterte hinter sie. »Und morgen?«, fragte sie. »Was machen wir morgen?«

»Oh, zuerst werden wir wieder eine kleine Geduldsübung machen«, antwortete Elfriede. »Für unsere kleine Zappellilli. Wir werden uns auf ein schönes, freies Feld stellen und so lange stehen bleiben, bis der Wind durch uns hindurchbläst. Und danach werden wir nach Pflanzen suchen, die gegen Fußschmerzen helfen.«

»Hört sich gut an«, sagte Rosanna und lehnte sich an Elfriedes Rücken.

»Hoch mit uns!«, rief die Hexe.

Und dann flog sie mit Rosanna den Sternen entgegen.

»Juchhuuh, ist das ein Spaß, eine Hexe zu sein!«,
rief Elfriede.

Und Rosanna summte ganz leise, obwohl ihr Magen kleine Hupfer machte:

> »Ich werde auch mal fliegen,
> Dass sich die Besen biegen.
> Dann bin ich eine Hexe
> und zaubre Sternenkleckse.«

Wer hat Angst vorm bösen Wolf?

Moritz, von allen nur Motte genannt, wird an einem Sonntagabend auf dem Nachhauseweg von einem unheimlich aussehenden Hund mit gefährlich gelben Augen in die Hand gebissen. Noch am selben Abend stellt Motte merkwürdige Veränderungen an sich fest: Seine verletzte Hand ist plötzlich behaart, seine Stimme wird rauher, ein Fell bedeckt sein Gesicht, und die Farbe der Augen verändert sich. Mottes Freundin Lina hat einen Verdacht: Motte wird zum Werwolf ...

Cornelia Funke
Kleiner Werwolf
Band 80289

Fischer Schatzinsel